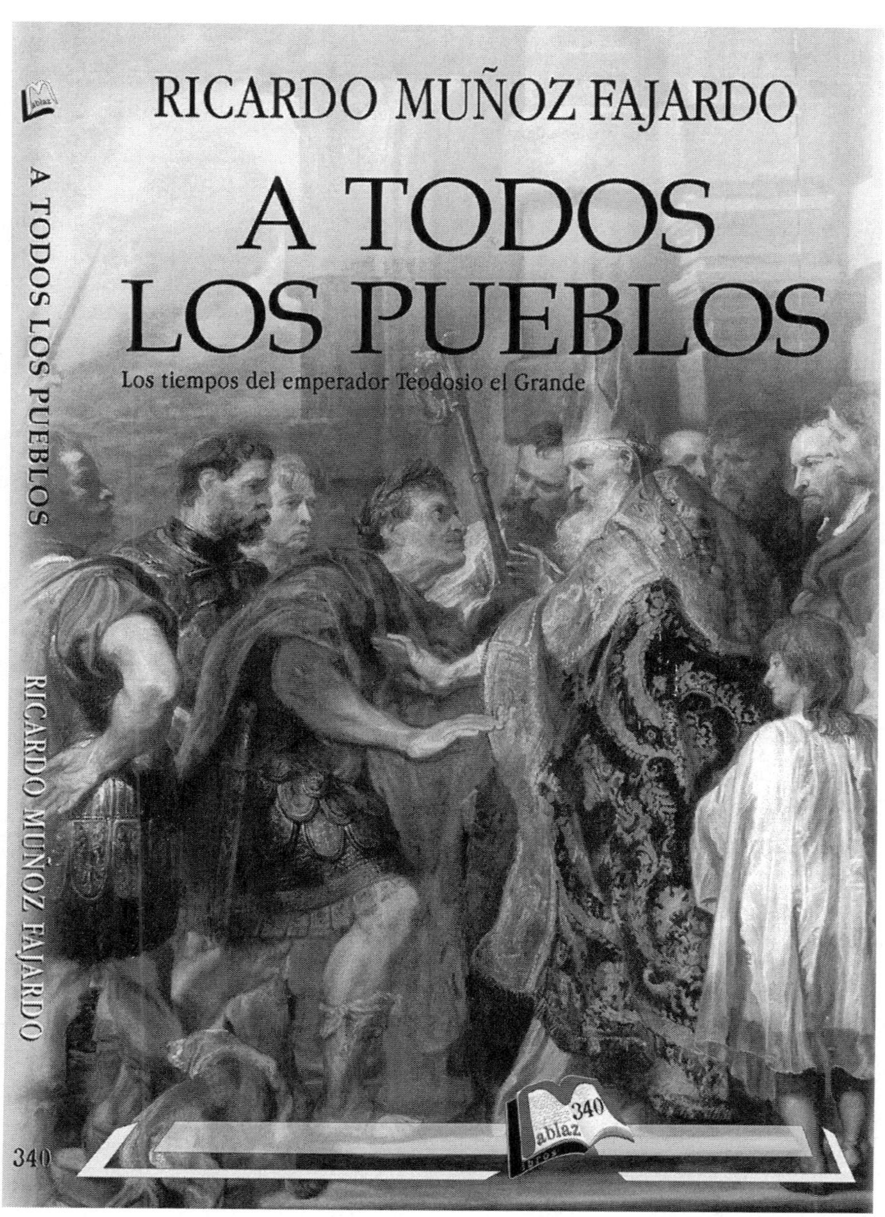

RICARDO MUÑOZ FAJARDO

A TODOS
LOS PUEBLOS

Los tiempos del emperador Teodosio el Grande

340

A todos los pueblos
Primera Edición, febrero de 2024

© Libros Mablaz - Rodrigo Muñoz Blázquez: Madrid, 2024
www.librosmablaz.com

© Ricardo Muñoz Fajardo

Blogs:
Editorial Libros Mablaz
http://editoriallibrosmablazycienciaficcion.blogspot.com.es/
Ciencia ficción y fantasía en Libros Mablaz:
http://mablazlibros.blogspot.com.es/
Introducción a las obras de Libros Mablaz:
http://librosmablazextractos.blogspot.com.es/
Libros Mablaz en Facebook:
https://www.facebook.com/groups/530547690292189/
Tu Librería en Casa:
https://www.facebook.com/TuLibreriaEnCasa
Librería Crisis–Neogénesis:
**http://www.todocoleccion.net/neog%C3%A9nesis_vendedorT
C**

Diseño de cubiertas: Mari Carmen López

ISBN: 9978-84-128119-0-2
Depósito Legal: M-35806-2023

LIBROS MABLAZ - 340

A todos los pueblos

Ricardo Muñoz Fajardo

A los Manueles

I.

El edicto de Tesalónica

o A todos los pueblos

Concilio de Nicea (Año 325)

Concilio de Nicea (Año 325)

IMPPP. GRATIANUS, VALENTINIANUS ET THEODOSIUS AAA. EDICTUM AD POPULUM VRBIS CONSTANTINOPOLITANAE.

Cunctos populos, quos clementiae nostrae regit temperamentum, in tali volumus religione versari, quam divinum Petrum apostolum tradidisse Romanis religio usque ad nuc ab ipso insinuata declarat quamque pontificem Damasum sequi claret et Petrum Aleksandriae episcopum virum apostolicae sanctitatis, hoc est, ut secundum apostolicam disciplinam evangelicamque doctrinam patris et filii et spiritus sancti unam deitatem sub parili maiestate et sub pia trinitate credamus. Hanc legem sequentes Christianorum catholicorum nomen iubemus amplecti, reliquos vero dementes vesanosque iudicantes haeretici dogmatis infamiam sustinere 'nec conciliabula eorum ecclesiarum nomen accipere', divina primum vindicta, post etiam motus nostri, quem ex caelesti arbitro sumpserimus, ultione plectendos.

DAT. III Kal. Mar. THESSALONICAE GRATIANO A. V ET THEODOSIO A. I CONSS.

EDICTO DE LOS EMPERADORES GRACIANO, VALENTINIANDO Y TEODOSIO AUGUSTO, AL PUEBLO DE LA CIUDAD DE CONSTANTINOPLA.

»Queremos que todos los pueblos que son gobernados por la administración de nuestra clemencia profesen la religión que el divino apóstol Pedro dio a los romanos, que hasta hoy se ha predicado como la predicó él mismo, y que es evidente que profesan el pontífice Dámaso y el obispo de Alejandría, Pedro, hombre de santidad apostólica. Esto es, según la doctrina apostólica y la doctrina evangélica creemos en la divinidad única del Padre, del Hijo y del Espíritu Santo bajo el concepto de igual majestad y de la piadosa Trinidad. Ordenamos que tengan el nombre de cristianos católicos quienes sigan esta norma, mientras que los demás los juzgamos dementes y locos sobre los que pesará la infamia de la herejía. Sus lugares de reunión no recibirán el nombre de iglesias y serán objeto, primero de la venganza divina, y después serán castigados por nuestra propia iniciativa que adoptaremos siguiendo la voluntad celestial.»

Dado el tercer día de las Calendas de marzo en Tesalónica, en el quinto consulado de Graciano Augusto y primero de Teodosio Augusto»[1].

---

[1] En fecha cristiana, 27 de febrero del año 380.

Al leer este texto, Publio Ulpio Quirino, que siempre que tenía ocasión mostraba o pronunciaba sus tres nombres para dar conocer al que los leyera u oyera que era un *ingenuus*, un ciudadano nacido libre, no se preocupó en exceso, porque parecía más una advertencia a las que en él se llaman herejías del cristianismo, más que ninguna la arriana, que una nueva medida en contra de los paganos, como era llamado él, aunque su opinión era justo la contraria, los apóstatas eran los seguidores del mesías judío mientras que los que seguían creyendo en los dioses tradicionales romanos o los traídos al imperio por el augusto Justiniano, no hacía tanto tiempo de eso, menos de veinte años cuando se publicó el edicto, eran los verdaderos creyentes en los dioses, porque no había solo uno, que realmente existían.

El decreto se trató más de una guerra, en la que pocas veces se utilizaron espadas, entre las dos principales corrientes en las que había derivado el cristianismo, la nicena, ahora bautizada como católica, que viene a significar universal, y la arriana. Ambas tenían mucho predicamento entre los fieles de la que Ulpio consideraba falsa religión, por lo que su fe en lo que siempre había creído su nación, Roma, le hacía sentir un regocijo del que su mente tan bien entrenada no le permitía abstraerse. Que se mataran entre ellos, llegó a pensar, así quedarán pocos de ese credo tan falso como el Judas del que hablan en sus escrituras, y Roma volverá a sus tradiciones religiosas ancestrales.

Más placer le producía el absurdo de la disputa entre los nicenos y los arrianos, que era tan mínima que costaba encontrar la diferencia.

Todo partía de la consideración que tenía para cada una de estas sectas, que es lo que consideraba Ulpio que era el cristianismo, de la figura de Jesús, su profeta. Los arrianos consideraban que era hijo de Dios, proveniente del Padre y, como tal, no se trataba de un ser eterno aunque fuera originado antes que Él creara el tiempo. Por lo tanto, Cristo carecería de la eternidad que poseía Dios Padre, sino que era posterior, aunque fue generado incluso antes de la existencia del tiempo como tal, definido este como el período en que el Ser Supremo empezara a realizar sus creaciones. En conclusión, los seguidores de Arrio consideraban que el Hijo es distinto del Padre y, por tanto, subordinado a este.

La ortodoxia católica, por el contrario, creía en la consubstancialidad, que es lo mismo que decir que Dios Padre, Dios Hijo y Dios Espíritu Santo son un solo ser en el que Jesús nació eternamente del propio Padre, al igual que el Espíritu Santo, más allá de los tiempos. La Trinidad cristiana, no se explicaba Ulpio ese concepto, del que él supiera nadie había hablado antes de la muerte de Cristo en la cruz, que complicaba el concepto de su religión para ser, a su vez, entendible por muchos, y que según su criterio convertía a este culto, que se tildaba de monoteísta, en politeísta.

Lo cierto es que fueron pasando los años y las dos doctrinas no dejaron de pugnar entre sí, dándose el caso en que existieron hasta emperadores arrianos. En ese tiempo, las incursiones de los pueblos bárbaros en el territorio dominado por Roma eran frecuentes, con tanta fuerza que parecía evidente que las huestes del imperio no podían con el ímpetu de estos, por lo que hubo augustos que tuvieron incluso que firmar tratados de paz en el que se permitía el establecimiento de godos dentro de sus dominios, de tal forma que, en cierto modo, y aunque nominalmente los invasores permanecían como súbditos del imperio, lo cierto es que campaban a sus anchas.

La idea de ingobernabilidad del imperio desde un solo punto de poder, que en este caso viene a ser sinónimo de mando, se había extendido. La puso en marcha Diocleciano en el año 285, y a partir de ese momento, entre los que existió momentos que toda Roma estuvo unificada, la última ves bajo el mandato del efímero emperador Joviano, muerto en el 363, el imperio había estado siempre dividido en dos partes, aunque en realidad antes y después lo estuvo en cuatro, con el surgimiento de la dignidad de augusto, cuya traducción podría ser emperador, y césar, que venía a significar gobernador o coemperador de un territorio bajo dominio del primero.

Lo cierto es que desde Diocleciano, el imperio ya siempre se decidió dividirlo, aunque con Constantino, Constancio II, Juliano y, el último, Teodosio I, aunque fue tan solo durante poco más de cuatro meses, el tiempo transcurrido entre la victoria lograda por su hueste en la Batalla del Frígido a principios del año 394 y su repentina muerte en enero del 395. Los augustos citados consiguieron unificarlo siempre a partir de las partes correspondientes a otros emperadores depuestos o muertos

Pero esto es futuro y Roma aún no ha llegado hasta allí en el momento en que transcurre esta historia, dada dos años antes de los últimos acontecimientos citados.

Valentiniano II reconocido emperador romano por Graciano en el 3758
(1888, Grabado)

Teodosio

Valentiniano II

II.

El emperador ahorcado

Hasta la muerte de Graciano, los emperadores del territorio romano eran tres. Tras su fallecimiento, solo quedaron dos, Valentiniano II en occidente y Teodosio en oriente.

El quince de mayo del 392, que es rl momento desde donde parte este relato, Valentiniano II seguía siendo el emperador de occidente, un occidente unificado porque el padre de este, de igual nombre pero el 1º, había decidido dividir aún más Roma, y había desmembrado esta parte del imperio en dos, fraccionando su herencia del trono entre sus dos hijos, Graciano y al que había heredado su patronímico, hasta el deceso del primero en el 383, y Teodosio I de Oriente.

En realidad no era así. El primero de los citados había dejado de serlo el día anterior. Publio Ulpio Quirino vivía en el territorio de Valentiniano, ahora en las proximidades de la ciudad de Viena[2], o Vienne, fundada por Julio César como Colonia Julia Vienna, en un viaje que esperaba que fuera corto, puesto que su residencia estaba realmente en Mediolanum, en donde se había instalado para aprovechar su cierto renombre en el mundo de las letras, a pesar de ser pagano, al ser natural de Hispania, al igual que el emperador Teodosio, aunque él vio la luz en Segóbriga[3], una ciudad situada, al igual que Cauca[4], donde el augusto vino al mundo, en la provincia de Tarraconensis, pero distantes entre sí ciento sesenta millas[5].

---

[2] No confundir con la capital de Austria, llamada en ese momento Vindobona.
[3] Situada en el actual término municipal de Saelices (Cuenca).
[4] Actual Coca (Segovia). Otras fuentes dicen que nació en Itálica, actual Santiponce (Sevilla)
[5] La milla romana equivalía a la distancia recorrida con mil pasos. Cada uno de estos eran en realidad dos, puesto que consideraban la zancada como un todo completo, la distancia recorrida por uno de los pies después de apoyarse en el

La idolatría de Ulpio, que nunca asumió los dogmas cristianos como creíbles, y sí en cambio los que había intentado instaurar Juliano I, apodado por eso el Apóstata, que renegó públicamente del cristianismo en cuanto obtuvo la tiara imperial y su intención de recuperar la religión grecorromana histórica que había sido anales del imperio, con unas aportaciones propias de origen neoplatónico. Por eso, de forma estrictamente argumental, el paganismo de Juliano no fue exactamente una vuelta atrás a los ritos y dioses de los principios de Roma como nación, que no descartó nunca del todo, aunque él era más de Zeus que de Júpiter, sino más bien de acercamiento esotérico a la filosofía clásica, la teúrgia y el neoplatonismo. La teoría de la religión verdadera, según Justiniano, suponía una desafección radical contra otros paganos, los agnósticos cínicos, y los cristianos, a los que consideraba ateos y con una doctrina hecha con escasos argumentos de valor, como demostraba la discordancia entre los cuatro evangelios, entre los varios que existían, que se habían elegido como soporte del credo niceno, el trinitarismo que algún iluminado se había inventado para confundir aún más el dogma de una religión falsa, y el carácter tri-

---

pie contrario. A su vez, un *passus* equivalía a cinco pies romanos y la milla , *milia passum* en latín, eran 5.000 pies y a 1481 metros aproximadamente. Entonces, la distancia entre Segóbriga y Coca sería de unos 250 kilómetros.

bal de su Dios sin nombre, dado sobre todo en lo que sus fieles llamaban Antiguo Testamento, cuando el propósito de un dios no debe ser tan limitado, sino darse a conocer de modo universal.

Teodosio y demás firmantes del edicto de A todos los pueblos habían hecho del cristianismo la religión oficial del imperio, Constantino tan «solo» legalizó la religión, a la que dio prioridades en detrimento de los credos tradicionales del imperio, la más importante tal vez fuera la prohibición explícita de que a los templos dedicados a las deidades de siempre se les diera el mantenimiento que el tiempo y el uso podrían provocarles, e incluso ordenó que algunos de ellos fueran destruidos o convertidos en iglesias o basílicas cristianas. Juliano terminó con esa norma, impidió la destrucción de los templos de siempre, su reconstrucción, la cristianización de los que lo estaban siendo y la devolución a sus propietarios originales de los bienes confiscados pertenecientes al clero, o lo que fuera, de los antiguos cultos

Lo cierto es que toda la vuelta a la práctica constantiniana tras la temprana muerte de Juliano, la oficialización del credo cristiano por parte de Teodosio, nuevas medidas en contra de los paganos por parte del triunvirato gobernante, no supuso en la práctica, al menos en Occidente, un acoso tenaz de los que creían en los dioses de siempre, un hecho que fue mucho más evidente en otras partes del imperio, donde los antaño perseguidos se habían convertido en perseguidores.

Lo cierto es que ya fuera por la teórica mano ancha que aún mantenía Roma con los que no eran cristianos, por haberle caído en gracia a Teodosio por ser ambos hispanos, o simplemente porque Publio Ulpio Quirino había adquirido fama de erudito en el arte de las letras, lo cierto es que desde hacía tiempo el literato había sido asignado a la corte de Valentiniano II, con el que, a pesar de la encomienda, siempre se había mantenido un tanto apartado, porque el coemperador le consideraba un espía de Teodosio.

Así que Ulpio se dedicó a lo que más le gustaba, leer y escribir y dar clases, quejándose a quién le quería escuchar del frío que hacía en Viena, con pocos calores incluso en verano, que él consideraba que era por su proximidad relativa a los Alpes, cuando Segóbriga era de una gelitud intensa en invierno, eso no podía negarlo, pero era una ciudad que sí tenía verano, a veces demasiado de este.

Por eso, esa mañana del quince de mayo cuando un par de soldados vinieron a buscarle en la casa que habitaba, de la sorpresa pasó al terror, porque supuso que alguno de sus comentarios en el aula sobre las incongruencias del cristianismo, dicho con la suficiente mesura como para que no fuera considerado con una ofensa para nadie, sobre todo los obispos y curas, sin duda los más quisquillosos sobre lo que se decía de malo sobre su religión, había conseguido ofender a algunos de estos fanáticos y le habían mandado prender, y una vez en una mazmorra, se sabía cuándo se entraba, pero nunca cuándo llegarías a salir, si es que lo hacías algún día.

El pánico apenas le permitió más que balbucear un saludo de cortesía hacia los dos guardias que habían acudido a verle, a buscarle en realidad según su criterio en ese momento, que malentendieron lo que el otro les farfullaba, palabras que no les interesaron apenas, porque ellos tenían un encargo y su único pensamiento estaba en él.

— Publio Ulpio Quirino, ¿eres tú? —preguntó uno de ellos, el más alto y, al mismo tiempo, el menos fornido.

—Yo soy.

—El cónsul Próspero Domiciano quiere hablar contigo.

—¿Un cónsul quiere verme?

—Eso te hemos dicho.

—No sé qué querrá de mí.

—Nosotros tampoco. Tu duda, sin embargo, tendrá fácil respuesta cuando hables con él.

Ulpio se aprestó a acompañarles, a un viaje que suponía que sería más largo que corto.

No fue así. En la calle, a pocos pies de la entrada de su domicilio, había una litera que le estaba esperando. Dudó durante un breve instante si subirse a ella, hasta que uno de los soldados le dijo que sí con la cabeza y entonces se encaramó al transporte.

A su lado se encontraba otra litera similar a la suya, que estaba ocupaba por el mismísimo cónsul Próspero, el que los dos uniformados le dijeron que lo buscaran.

—¡Señor cónsul! —expresó Ulpio, hablando desde la suya hacia la otra—. La sorpresa es doble para mí. En primer lugar, porque tú y yo, que hemos sido tan amigos, nos veamos por fin después de tanto tiempo…

—Nosotros dejamos de ser amigos cuando pusiste en ridículo a Dios Nuestro Señor —replicó el mandatario—, delante de aquellos amigos que te presenté, para que tu nombre dejara de ser conocido tan solo en provincias para catapultarte a una fama que yo creía que te merecías hasta el más recóndito rincón del imperio.

—Yo jamás hice eso —reconvino el literato—. Tú

querías que yo me convirtiera al cristianismo, esa era la condición que me exigiste para hacerme esa fama. Lo que de nunca te diste cuenta es que a mí el renombre no me importa nada, y menos por un precio que yo no estaba dispuesto a pagar. Una cuestión que no significaba que, aunque yo no sea cristiano, ponga en cuestión sus creencias, y lo que voy a decirte ahora lo hago porque estamos hablando los dos en privado, aunque estoy totalmente convencido que los dogmas que amparan tu religión son erróneos. ¿Qué me afecta eso a mí? En nada, mientras a que se me deje practicar mi culto, sin obligarme a apostatar de él.

Un largo silencio se hizo entre los dos. Cuando el cónsul retomó la palabra, fue directo al asunto que le había llevado a recurrir a Ulpio.

—No te voy a anticipar nada de lo que vas a encontrarte ahora —explicó—. Cuando veas lo que tienes que ver, quiero que te hagas cargo de la situación y qué averigües quién ha hecho tamaña barbaridad. He recibido un encargo de alguien cercano al único emperador vivo, y necesito que me ayudes.

Ulpio no hizo ningún comentario a las palabras de su antiguo amigo. Pensó en lo que se iba a encontrar cuando llegaran a su destino, lo dio mil vueltas, hasta que se convenció de que no merecía la pena especular por lo que iba a ver en un momento y decidió aguardar.

La espera fue corta. El lugar donde iban no estaba tan lejos, a pesar de que se trataba de una mansión, más que una casa, en la parte más privilegiada de Viena.

El sitio no lo conocía de antemano, pero intuyó que el morador del mismo debía ser persona de mucha importancia, por los lujos que se gastaba en lo que pudo ver de paso a una de las muchas salas que tenía la casa. En una principal, colgado del techo, había un hombre colgado del techo, con todas las inercias, en un primer vistazo, de estar muerto.

Ulpio se fijó en la faz del muerto, que de eso se trataba, y se llevó una sorpresa mayúscula. El hombre ahorcado no era otro que Valentiniano II, el emperador de Occidente de Roma.

—La apariencia de la muerte que tenemos ante nuestros ojos es un suicidio —dijo Próspero casi en un susurro—, y así nos lo querrán vender, pero yo estoy seguro de que el augusto ha sido víctima de un asesinato. En ti confío para que averigües quién es el culpable de este crimen, por mucho que te quieran hacer creer que fue el emperador quién se quitó la vida.

Giovanni Francesco Venturini: *Dos soldados romanos* (siglo XVII

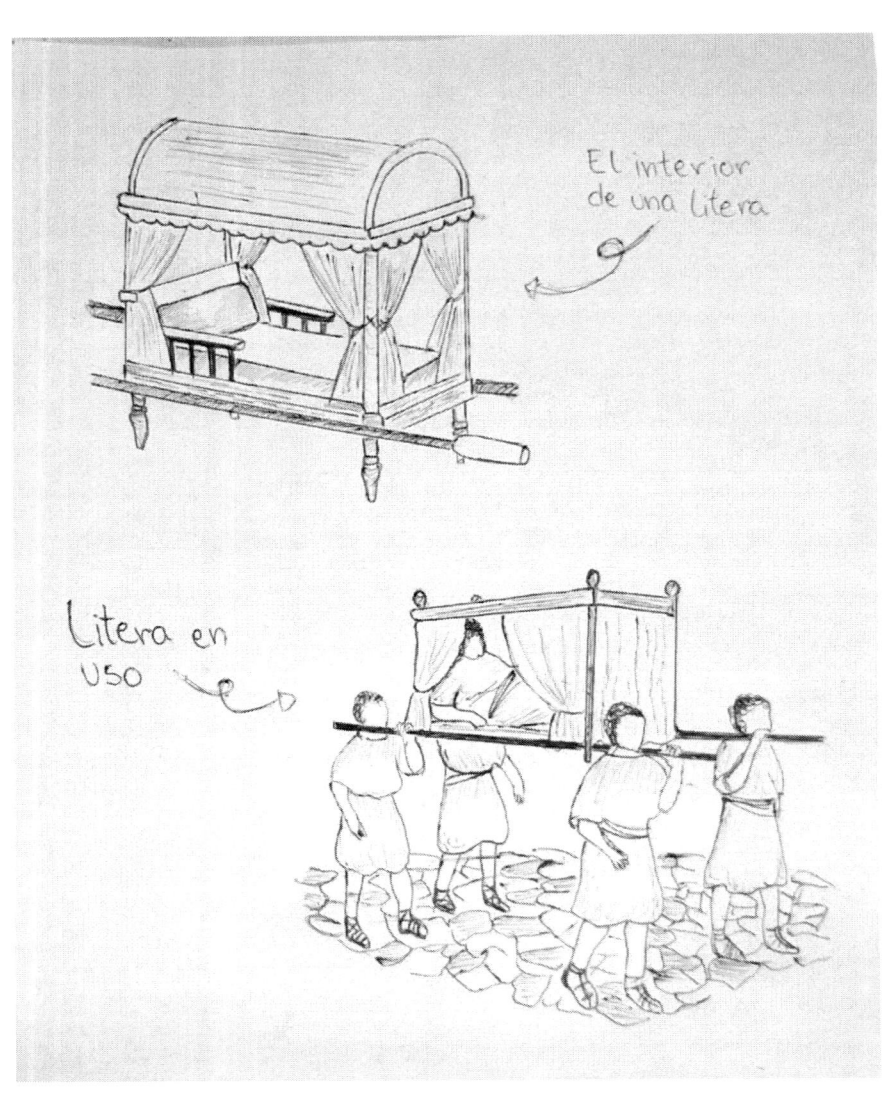

Gabriela Cigarruista: *Presentación del Oficio y su Visión de Mundo* (2021)

Cartel de Bernard Buffet: *El Hombre ahorcado*

III.

Teodosio el Viejo

Lomdinum

El emperador Teodosio, si se siguiera la costumbre de los pueblos bárbaros de cada vez más presencia en territorio romano y de la nomenclatura nórdica, tendría una descripción simple al referirse a él, pues sería Teodosio, hijo de Teodosio, porque llevaba el nombre de su progenitor, un hombre que fue un militar que llegó a adquirir fama que le llevó a ser reconocido como *comes*[6] Britanniarum porque fue en esta provincia donde realizó sus mayores hazañas en favor del imperio.

Padre e hijo no conversaron en apenas ocasiones hasta que el futuro augusto adquirió la suficiente edad como para ser soldado, momento en el que ambos compartieron algunas de las campañas a las que fue asignado el padre.

En una de estas charlas, Teodosio el Viejo le recordó al joven el origen de la sangre que corría por sus venas, una certeza para el primero basada tanto en las certidumbres como en los rumores transmitidos por la familia de generación en generación.

---

[6] El equivalente posterior a conde.

—Nuestra estirpe proviene de la misma Gens Julia —le dijo en una ocasión—. Podría alardear de nuestros ancestros diciendo que descendemos del propio Julio César, pero no he mentirte. En realidad, el que fue nuestro antaño progenitor fue Sexto Julio César, primo del conquistador de la Galia, lo que no quita ni un ápice de valor a la historia familiar que ampara nuestro linaje.

Teodosio el Viejo era cristiano ortodoxo y no le costó convencer a su hijo, en realidad a su familia entera, de que aquella era la religión verdadera, que su hijo tomó esa creencia como suya, y siempre hizo gala de la misma cada vez que tuvo ocasión desde que tuvo uso de razón, amparado por la preponderancia de los suyos en la ciudad de Cauca, rica e influente y perteneciente a la aristocracia local.

En el 368, Teodosio el Viejo obtuvo por primera vez el rango militar de comes[7]. Fue entonces cuando Valentiniano I lo envió a Britania para abortar una invasión de varias tribus bárbaras. Una vez en la gran isla, acompañado por legiones ya muy expertas en eso de guerrear —la Batavi, la Heruli, la Iovii y de los Victores—, hizo trasladar a su hueste hacia Londinium, atacando con partes de su ejército cada vez a los invasores, más pendientes del botín obtenido que de preparar una buena estrategia militar, a los que derrotó sin paliativos. Tuvo el honorable gesto de devolver las pertenencias recuperadas a los que les habían pertenecido, Teodosio el Viejo hizo por fin su entrada en Londinium, donde estableció su cuartel general, desde donde establecería las siguientes contiendas

[7] Además de la significación antes descrita, en este caso se podría traducir como general.

contra el enemigo, a cuyos miembros juró clemencia si se trataba de desertores anteriores de Roma, cosa que cumplió reintegrándolos en sus legiones. Al mismo tiempo, volvió a restaurar la administración del imperio a la provincia, para lo que solicitó que le fueran mandados funcionarios civiles, al mismo tiempo que pedía refuerzos para la guarnición que comandaba con la venida hasta allí de oficiales y soldados con la precisa capacitación.

La labor de Teodosio el Viejo en Britania no se detuvo allí, puesto que quiso instaurar en el territorio la eficaz administración romana en toda su valía. Londinium presentaba demasiadas huellas de la guerra allí desatada y ordenó reconstruirla para hacer de ella la ciudad que merecía ser, además de fortalecerla para poder así aguantar con garantías de éxito posibles ataques y asedios contra ella futuros.

Para evitar enemigos en sus propias filas, decidió liquidar el cuerpo de los *arcani*[8], que tenía una innata tendencia a entenderse demasiado bien con los bárbaros, por lo que no se podían considerar aliados fieles.

Como era habitual desde hacía ya demasiados años en los entresijos políticos del imperio, Teodosio el Viejo se encontró asimismo con un intento de rebelión, de un prócer llamado Valentino, que abortó antes incluso que estallara porque al tener noticias de ella ordenó arrestar al cabecilla y dio orden de ejecutarlo a uno de sus generales, de nombre Dulcicio, con otro pedimento de obligado cumplimiento, que no se pesquisase más

---

[8] Los *arcani* (también denominados como *areani*) fueron un grupo de información y espionaje que existió en Britania a mediados del siglo iv

para el descubrimiento de otros conspiradores y así evitar la posibilidad de que se diese una revuelta.,

Teodosio salió triunfante de la misión en Britania, un hecho que repercutió en todos los rincones del imperio. Durante la campaña, estuvo ya con el su hijo, Teodosio el Joven, futuro emperador, que de esta forma tuvo la ocasión de aprender muchas cosas de su padre, conocimientos que le vinieron muy bien para el futuro que le aguardaba.

Una vez terminado su cometido en Britania, tarea que le ocupó más de un año, Teodosio el Viejo fue requerido en la Galia, donde fue nombrado *magister equitum praesentalis*, un cargo que se otorgaba a generales de prestigio para tomar el mando de los cuerpos de élite de la caballería de las huestes del imperio y que era uno de las dignidades más importantes en la corte imperial, en este caso de Valeriano I.

En la Galia, el emperador se alió con los burgundios, una tribu bárbara establecida en una provincia en las riberas del río Rin, para atacar a los alamanes, que no tuvieron más opción que retirarse a Recia, una región que se extendía desde el lago Constanza hasta el río Eno.

En el año 370, Teodosio el Viejo atacó a los alamanes en su nuevo asentamiento y entre el 371 y el 372 obtuvo la victoria ante estos primero y luego contra los sármatas.

Por último, tras estos éxitos, fue destinado con una guarnición bajo su mando a África para dar fin a la rebelión de Firmo II en Mauritania, tarea que le ocupó dos años de la consiguió, de nuevo, salir triunfante.

A pesar de ello, durante su tiempo allí, tuvo disputas con el *comes Africae*[9] Romano, del que sacó a la luz las irregularidades cometidas bajo su mandato, algo que debería haber supuesto una muestra de honor por su parte, pero que acabó significando su perdición.

A pesar de la victoria de Teodosio el Viejo, durante la campaña africana se produjo la muerte de Valentiniano I. Tras ella, en noviembre del 375 el general fue arrestado en Cartago y ejecutado poco tiempo después, sin que la causa de tan drástica e insospechada medida quedara clara nunca.

Los motivos, muy probablemente, fueran la lucha entre facciones para otorgarse la sucesión del emperador muerto, entre los que algunos vieron que Teodosio el Viejo podía ser

---

[9] Comandante de las tropas replegadas en la provincia-

uno de los postulantes a tomar la triada, por lo que acusándole de hechos no cometidos se conseguía eliminar su candidatura.

Un dato curioso es que a Teodosio el Viejo se le bautizó poco antes del momento de su muerte, a pesar de haber sido cristiano devoto durante toda su vida, una costumbre habitual en esa época, incluso para los hombres que habían vivido de acuerdo al dogma durante toda su existencia.

Tras la ejecución de Teodosio el Viejo, el joven marchó a Hispania, donde se instaló en las posesiones de su familia que poseía en Gallaecia. Es muy probable que el arrinconamiento del futuro augusto fuera debido a que fuera retirado del mando de tropa por el mismo Valentiniano I, tras la pérdida de dos

de las legiones que comandaba en un enfren-
tamiento contra los sármatas, a finales del
año 374.

Angus McBride: *Guerreros burgundios siglo IV*

Grabado de 1871: Teodosio el Viejo (?-376) sofoca una insurrección
en Mauritania en el año 373 por parte de Firmo II..

Valentiniano I

Valentiniano II

IV. El lugar

El cadáver colgado del emperador parecía una atracción de circo, observada por una decena de soldados que no cesaban de hacer comentarios en voz baja sobre lo que veían, producto tanto del morbo de la escena como del aburrimiento, Llevaban un buen rato allí y ninguno de ellos entendía por qué no habían bajar ya de tan humillante posición el cuerpo de Valentiniano.

Llegó el cónsul Próspero, el que parecía llevar la voz cantante con respecto a lo que había que hacer tras el suicidio del augusto, según parecía por orden del emperador de Oriente, Teodosio, aunque a ellos les costaba mucho creer que eso hubiese sido así, pues Constantinopla, la capital del imperio tras el reinado de Constantino, apodado ahora el Grande, por ser el primer emperador que dio al cristianismo la posición de religión dominante en el territorio bajo su dominio y mando, estaba muy lejos de allí como para haber llegado una orden de ese tipo en tan solo unas horas. A Ulpio siempre le pareció un despropósito la decisión de cambiar la capitalidad del impero hasta allí, puesto que Constantinopla estaba en los confines del imperio, muy lejos del resto del país, por lo que las decisiones tomadas allí no tenían un flujo lo suficientemente rápido para llegar a todos sus rincones.

Tampoco entendió que se trasladara con anterioridad la capital desde Roma hasta Mediolanum, en el 292, pero al menos está última estaba en el centro vital y geográfico del imperio. Mediolanum, tras la división de Roma entre Occidente y Oriente, se mantuvo como capital del primero.

Pero ahora estaba en Viena, una ciudad importante, aunque nunca de la relevancia de las tres citadas. Las cohortes urbanas solo se habían establecido en tres ciudades del imperio, Roma, Constantinopla y Lyon, por lo que las labores de policía en esta ciudad las ejercía el gobernador de la provincia, que había delegado su cometido en un tribuno y un centurión, dos hombres que ya no eran jóvenes, pues rondarían los cuarenta años, aun así una edad menor que la de Ulpio y Próximo, que ya estaban próximos a la cincuentena.

Ulpio se dio cuenta enseguida de que los dos encargados por el gobernador para hacerse cargo de las indagaciones, que se suponían protocolarias al tratarse de un suicidio, habían aceptado el encargo a regañadientes, y que su único deseo era acabar con aquel asunto lo más pronto posible. La muerte de Valentiniano era una tragedia, pero ya era un hecho inevitable, por lo que lo mejor era olvidarlo lo antes posible y centrarse en el hombre que se nombraría en su lugar, del que todos deseaban que no fuera un Nerón, un Calígula o un Heliégalo, reyes nefastos a los que no se les permitió durante mucho tiempo portar la triara imperial.

La llegada del cónsul y el literato hizo saltar como una catapulta al tribuno, Lucio Junio Bruto, seguido de cerca por el centurión, Espurio Lucrecio Tricipitino[10], hacia donde ellos acababan de aparecer.

—Lo que se está haciendo con el cadáver del emperador Valentiniano es una ignominia —gritó el tribuno, fuera de sí—, no se puede dejar a un hombre de la dignidad del

---

[10] En verdad de inventar dos nombres, hemos elegido para estos personales los correspondientes a dos de los primeros cónsules de la historia de Roma, dados en el año 509 a.C.

augusto más tiempo colgado de ese gancho como si fuera un saco de harina. Hemos de descolgarlo de ahí ya, no me valen los argumentos que puedas esgrimir en su contra, porque voy a ordenar que lo descuelguen de allí de inmediato.

—Tienes razón, tribuno, al menos en parte —replicó el cónsul, mordiéndose la lengua para no contestar de la misma forma airada a Lucio Junio Bruto, puesto que después de todo tenía un rango superior a aquel hombre—. Solo habrás de esperar para hacerlo un breve instante, el que transcurra en que el hombre que me acompaña le dé un vistazo a cómo se nos presentó el cuerpo del emperador.

El tribuno refunfuñó para sus adentros, pero consintió con lo que le pedían.

Ulpio se acercó al lugar donde estaba el emperador muerto, observó con detenimiento la teatralidad de la presentación del cadáver de Valentiniano y cuando estuvo conforme con lo que había visto, le dirigió un sí breve con la cabeza al cónsul y este a su vez le indicó al tribuno a que procediera.

Dos soldados se dispusieron a hacerlo, sin andarse por las ramas. Cortaron la cuerda con un puñal y, aunque estuvieron a punto de dejar de caer el cadáver, consiguieron mantenerlo en sus manos y bajarlo con cuidado.

—Dejadlo encima de esa mesa —dispuso Ulpio como si fuera una orden que habría que cumplir sin poner reconvenciones a ello.

Así lo hicieron el par de soldados, que antes de obedecer miraron al tribuno y el centurión, que no pusieron ningún inconveniente en ello.

Ulpio sacó la parte de la soga que aún rodeaba el cuello del dignatario muerto, que tendió a Próspero para que guardara entre sus ropajes, algo que hizo sin preguntar el porqué.

El literato, entonces, se agachó sobre las marcas del cuello y las observó con detenimiento. No tuvo que ser un experto para darse cuenta de que además de la marca del cuello tenía una más que supuso que podría haberse hecho con un alambre, una piola de lira o algo similar, de un grosor mucho más pequeño que el produciría la soga. Alrededor de esta marca había moratones, en las de la cuerda no.

—Es bien cierto que, aunque el cónsul no me lo ha dicho con palabras, aunque sí con hechos —dio una primera opinión—, Próspero es evidente que ha recurrido a mí porque yo atesoro cierta experiencia en la resolución de muertes sospechosas, como en principio parecía esta.

—¿Parecía? —intervino Espurio Lucrecio Tricipitino por primera vez en la conversación—. ¿Es que ya no lo es?

—Yo tengo una experiencia limitada en la averiguación de quién ha cometido un crimen, aunque haya tenido éxito en ese empeño en Mediolanum las varias veces que se me ha pedido que haga algo similiar —Ulpio dio la contestación larga, que prefirió a una más simple para así ser mejor entendido—. He hecho lo básico para determinar si el emperador murió ahorcado o si ya estaba muerto antes de que fuera colgado del gancho en donde ha aparecido. He podido ver que tiene dos marcas en el cuello, una delgada y lacerante que incluso le ha penetrado en la piel y, por supuesto, la que le ha ocasionado la soga de la que ha estado prendido. Llegado a este punto, sería conveniente la presencia de un médico, el *arquiatre*[11] que atendía personalmente al emperador, porque yo he leído los escritos de Galeno, que ya empieza a ser antiguo, Emilia Hilaria, Marcelo Empírico y Oribasio de Pérgamo, entre otros, grandes médicos todos ellos, pero yo no me puedo considerar como tal, por lo que necesitamos la opinión de uno de verdad.

—¿De qué serviría eso? —quiso saber el centurión.

—De nada, estoy seguro —objetó a su vez el tribuno—. Un médico está para tratar a los vivos, es absurdo llamarlo para ver a un muerto.

[11] El *arquiatre* o *archiatro* era el médico principal que servía a un monarca

51

—Un médico es imprescindible en este caso porque yo no sé distinguir a ciencia cierta la diferencia entre el *livor mortis* y el *rigor mortis*, que él seguro que sabrá distinguir sin dificultad y nos ayudará a saber, más o menos, el momento de la muerte de Valentiniano.

—Insisto, ¿de que serviría eso? —exhortó el centurión.

El cónsul pareció perder la paciencia. Dio un bufido y se expresó ahora de un modo categórico.

—Un emperador aparece muerto, ahorcado, y parece que a vosotros dos os trae al fresco —dijo—. No encuentro otra excusa por vuestra parte que cuestionar cada una de las iniciativas que Publio Ulpio Quirino y yo mismo estamos emprendiendo para saber qué pasó con el emperador Valeriano. —El centurión fue a replicar, Próspero no se lo permitió—. Tú, Lucrecio, sin que te oiga rechistar, vas a ir a buscar ahora mismo al *arquiatre* del emperador y lo traes hasta aquí aunque sea a rastras.

El centurión, sin emitir la más mínima queja, fue a cumplir lo que el cónsul le ordenaba. No tardó en volver con el médico. Se trataba de un hombre más bajo que alto, entrado en años, del que todos sabían que tenía origen griego, aunque nacido en la provincia de Siria, que era llamado Narciso de Antioquía, un galeno de no demasiado prestigio que Valentiniano mantuvo a su lado porque él fue quien atendió el parto en que su madre, Justina, le trajo al mundo.

A pesar de su mala fama, el *arquiatre* se mostró muy preciso en las explicaciones que dio sobre lo que vio en el cuerpo sin vida del emperador, que no puso ningún inconveniente en examinar

—La muerte de nuestro inestimable augusto, puedo afirmar con casi total seguridad, se produjo durante la noche de ayer, a lo sumo en la madrugada de hoy —dictaminó el galeno tras una exhaustiva inspección del cuerpo…

—¿Cómo puedes estar tan seguro de lo que dices? —le interrumpió el tribuno, porque resultaba evidente que Narciso quería explicar más cosas sobre lo que había visto en el cadáver.

—Un cuerpo, tras morir, presenta dos signos de la inminente muerte de forma muy evidente para un observador, incluso para un profano en la materia —respondió el médico—. El primero de ellos es el *livor mortis*. No se asusten, esto solo significa la aparición de tonos rojizos o granates en la piel del cadáver por la falta de circulación de la sangre, que se empieza a dar entre los veinte minutos y las tres horas posteriores a la muerte, cuando dicha sangre comienza a moverse por su cuenta, en ausencia de los latidos del corazón, que ya no se puede dar al tratarse de una persona difunta, hacia las partes más declives de los capilares. La lividez se percibe en un cadáver entre las seis y las doce horas posteriores al óbito.

—Narciso de Antioquía, no hace falta que nos dé una muestra de tu erudición en un momento como este —refunfuñó el tribuno, que era evidente que quería terminar cuanto antes con aquellos preámbulos que él consideraba innecesarios.

—Debes tranquilizarte, Lucio Junio Bruto, lo que estamos indagando aquí no nos llevará mucho tiempo más —atajó el cónsul—, sobre todo si dejamos al médico hablar para que nos termine de contar sus conclusiones.

—Siempre que no nos dé otra disertación como hizo antes

—Hará lo que tenga que hacer, señor tribuno, si con sus explicaciones nos aclara las circunstancias de esta muerte, que te recuerdo que se trata la de la máxima autoridad de esta parte del mundo, el emperador de Occidente.

Bruto iba a seguir con sus protestas e inconvenientes, pero ante la mirada severa de Próspero, decidió no pronunciarlas en voz alta y sí mascullarlas para él.

—Continúa, mi buen doctor —pidió entonces el cónsul.

—La otra característica de un hombre recién muerto es una situación que se llama de forma parecida a la que he expresado antes, *rigor mortis* en lugar de *livor mortis*. El *rigor mortis* no se produce por la sangre, sino por la rigidez en que entran las carnes de un cadáver cuando están muertas, lo que hace que todo el cuerpo se muestre… como decirlo, como una tabla, o mejor sería decir como un bloque compacto, muy difícil de manejar o manipular. El *rigor mortis* suele darse unas tres horas, tal vea cuatro, tras el deceso de la persona y suele desaparecer cuando ha pasado medio día desde este. El *livor mortis* es bien visible en el cuerpo sin vida de Valentiniano, el *rigor mortis* está empezando a desaparecer, lo que me hace suponer que el emperador no murió en el día que hoy estamos, quince de mayo, sino ayer por la tarde-noche.

Narciso de Antioquía tendría fama de ser un médico mediocre, y aunque Ulpio quiso entender que lo que había contado a los lerdos en la materia que eran el cónsul, el tribuno, el centurión y él mismo era un precepto básico de la medicina, no dejó de parecerle una lección magistral que podría encaminarles a Próspero y a su persona hacia un camino menos espinoso para resolver la muerte de Valentiniano.

—¿Qué mató al emperador? —quiso ahondar más en la experiencia del médico, sabía que su pregunta tendría muy difícil contestación—. ¿La soga o esa otra marca que le ocupa todo el cuello?

—Eso lo tendrán que averiguar a los que les corresponda hacerlo —respondió Narciso, no queriendo implicarse más en una ciencia que no era del todo la suya—. Lo que sí puedo confirmar es que Valentiniano sufrió dos ataques, uno producido por un objeto de poco grosor, un alambre o una cuerda de lira o cítara, y, por supuesto, por la cuerda con la que fue ahorcado. No puedo deciros cuál de ellos fue ek que le produjo la muerte, o si fueron los dos al mismo tiempo.

Asclepios, dios de la Medicina

Flavio Estilicón (359-408), uno de los *magister militum* más conocidos del siglo IV de Roma (no hay imágenes de Arbogastes), de origen godo ambos

V.

Arbogastes

Domenichino: *Exequias de un emperador romano* (1634-1635)

Publio Ulpio Quirino sabía de una buena parte de las dificultades del emperador ahora muerto para mantenerse en el poder desde que fue elegido para tal empeño. Aun así, recurrió a filósofos e historiadores para que ilustraran con los acontecimientos, todos recientes, sobre la singladura de Valeriano durante los años que había portado la tiara sobre su cabeza, por no decir sobre sus hombros, porque el peso de la corona en los últimos años era como un lastre de mucho peso que tenía más de política, conspiraciones y ambiciones de generales que con el más mínimo mérito se creían merecedores de portarla.

Valentiniano II era emperador desde los cuatro años de edad, momento en que Occidente se dividió de facto entre su hermanastro Graciano, que gobernó los territorios al norte de los Alpes, entre los que se incluían Britania e Hispania, y él, que obtuvo en el reparto Italia, la mayor parte de Iliria y África.

Un niño de cuatro años no podía gobernar una parte del imperio, a pesar de que la familia hizo de Mediolanum su capital y se instaló en ella, por lo que se hizo necesaria la figura de un regente, que no fue otra persona que Justina, su madre, viuda de un usurpador anterior, Magnencio, y segunda esposa de Valentiniano I.

Justina era arriana y ejerció como tal. Actuó cuanto pudo contra los católicos de la capital, cuyo liderazgo ostentaba el obispo Ambrosio, que asumía en sí más favores que las gentes de la autoridad imperial.

El decreto A todos los pueblos se publicó, y el mismo Valentiniano II fue uno de sus firmantes, lo que no impidió que él mismo fue practicante del arrianismo, o simpatizante de él, que circuló con toda libertad por Mediolanum durante el tiempo que fue emperador, como demostró que él mismo promulgara un decreto, a principios del año 386, que admitía tolerancia hacia los que practicaban el arrianismo, una norma que incumplía el edicto de Tesalónica.

Mientras tanto, un general hispano, Magno Clemente Máximo, que había cosechado éxitos en Britania, fue proclamado emperador por su hueste en el 383, cargo que asumió como un usurpador y que consiguió consolidar cuando se enfrentó al titular legítimo de la triada, Graciano, y lo ganó y mató en batalla, por lo que gobernaba de facto el territorio que le correspondía al fallecido hermanastro de Valentiniano.

A pesar de tratarse de un usurpador, para evitar que la guerra civil que había situado a Magno Clemente Máximo en un trono adquirido por la fuerza y no por un derecho que le amparara, los otros coemperadores, Valentiniano y el citado Teodosio reconocieron el honor que él mismo se había otorgado, de tal forma que pareció que las aguas volvían a su cauce dentro de las fronteras del imperio.

La cuestión fue que el hispano quería más, y tres años después decidió marchar contra el aún jovencísimo Valentiniano, con el fin de proclamarse augusto de todo

Occidente al no conformarse con lo conseguido hasta ahora.

La nueva campaña de Magno Máximo hizo huir a Valentiniano a Oriente, donde recabó la ayuda de Teodosio, que no dudó en intervenir a su favor.

Los dos ejércitos se enfrentaron en la Batalla de Sava, ya en el año 388, en la que el emperador de Oriente salió victorioso. Sobre la suerte de Magno Máximo circularon dos versiones; la una, que fue matado por sus propia hueste en el mismo campo de batalla —curioso, lo que le habían proclamado augusto ahora se deshacían de él como si fuera un estorbo, lo que hablaba muy mal de las fidelidades de la tropa, que parecían apostar siempre por el caballo ganador—; la otra que fue hecho prisionero y ejecutado en Aquilea.

Teodosio se podía haber aprovechado de la situación y haberse proclamado emperador de todo el imperio, reunificado en su persona, pero fue honesto con lo establecido con Valentiniano y le devolvió la triara perdida, ahora ya sobre todo Occidente, pues no hay que olvidar que el occidente del Occidente se había quedado sin emperador tras la muerte de Graciano.

Para confirmar ese hecho, Valentiniano e trasladó a

menudo desde la capital de sus dominios Viena, ciudad ya situada en la Galia, donde pasaba largas temporadas.

Teodosio no fue tan generoso como parecía por su gesto de devolver los territorios recuperados de Occidente a Valentiniano, que eran cuñados. Situó como *magister militum* de este último a Flavio Arbogastes, un general romano de origen franco.

Arbogastes, que anteriormente ya había sido requerido por Teodosio para expulsar a los visigodos de Macedonia y Tesalia, objetivo que tuvo éxito, por lo que el emperador decidió instalar a su aliado al lado de Valentiniano II para ejercer de tutor de este.

En realidad, Arbogastes, desde su puesto de *magister militum*, ninguneó al joven emperador, al que puso en ridículo en público en varias ocasiones, además de atribuirse el mando del ejército de Occidente sin atender a los deseos e instrucciones del que teóricamente era su superior. Él fue quien dirigió la política del territorio e incluso quien decidía sobre los actos del emperador.

En el año 392, cuando se produjo una nueva invasión bárbara de Panonia, Valentiniano resolvió que debía acudir él en persona al mando de su ejército para combatirlos, pero fue desautorizado por Arbogastes, que dispuso lo contrario y mantuvo a las legiones en sus campamentos.

Hasta que llegó el tan desgraciado como famoso quince de mayo, día en que se encontró a Valentiniano II muerto, ahorcado en lo que aparentemente era un suicidio, momento en que el cónsul Próspero requirió a Ulpio para discernir si se trabaja realmente de una propia inmolación o de un asesinato.

Parecía que las primeras pesquisas sobre el terreno parecían apuntar más a la segunda tesis que a la primera, por lo que de ser así, el principal sospechoso del crimen no podría ser otro que el propio Arbogastes, al que los dos investigadores decidieron visitar para ver qué tenían que decir sobre el asunto.

Arbogastes se avino de mala gana a recibir al cónsul y al literato, pues el orgullo de considerarse el verdadero gobernante de Occidente desde hacía ya varios años le había aupado a una grandeza de ánimo que no le correspondía si no hubiese sido por sus propios actos en ese sentido. Y si se avino a hacerlo, fue por la dignidad del cargo de Próspero, porque a Ulpio lo hubiese hecho arrestar por la osadía de tan solo pedirle audiencia, y lo hubiese entregado, de no venir acompañado de quien se hacía amparar, a sus soldados para que hicieran de él comida para perros.

Arbogastes podría haber sido actor de cualquier obra que se representaba en los muchos teatros del imperio, aunque sin duda hubiese sido de los malos, porque los gestos, ademanes y palabras de sorpresa cuando fue preguntado sobre si él había matado en persona u ordenado hacerlo a terceros a Valentiniano II, estuvieron tan mal representados que en vez de disipar las sospechas que sobre su persona tenían los dos investigadores, consiguieron el efecto contrario, tanto Ulpio como Próspero creyeron con más motivo que el homicida debía ser él, o al menos no era ajeno al asunto, ya conociendo la trama que condujo al magnicidio y ocultándola o siendo él mismo quien la hubiera perpetrado.

—¿No es cierto que tu relación con él era mala? —preguntó Ulpio.

—Mucho —no quiso mentir el general.

—¿Tanto como para matarle?

—¿Para qué sería necesaria tal cosa? Yo, Flavio Arbogastes soy el regidor, aunque sobre mi cabeza no repose ninguna tiara, de Occidente, no podía pedir más a la vida, puesto que al tener sangre franca en mis venas, jamás podré acceder a la gloria de ser augusto.

—¿Valentiniano consentía con que tú ejercieras el mando en su lugar?

—¿Cómo podía consentirlo? Valentiniano era muy joven, que es lo mismo que decir que poco preparado, y tampoco tenía demasiadas luces alumbrando su cabeza, pero tampoco llegaba a ser un estúpido. Él quería mandar, como es lógico por su condición de emperador, pero era incapaz de reconocer que su capacidad de decisión era muy limitada. Para eso estaba yo, para dirigir Occidente de forma adecuada.

—Valentiniano no dejaba de resistirse a tus prerrogativas de usurpador, que muchas veces no compartía —habló ahora Próspero.

—No le quedaba otro remedio que asumir su rol, por mucho que le jodiese hacerlo —arguyó Arbogastes, ahora evidentemente molesto por el uso del cónsul del término «usurpador».

—¿No es cierto que Valentiniano te citó para hacerte entrega de una orden en la que se te deponía de tu cargo? —continuó Próspero.

—Sí —el godo fue tajante—. Me la dio, la leí y delante de él mismo la rompí en pedazos y la tiré al suelo. Antes de irme de su presencia, le recordé lo que tenía que saber ya, porque ya he dicho que Valentiniano era de pocas entenderas, pero tampoco se trataba de un imbécil, que no fue él quien me había dado el cargo del que me pretendía destituir, y que por lo tanto no podía quitármelo.

—¿Quién te dio el cargo? —habló de nuevo Ulpio.

—Lo heredé del *magister militum* Baudón, confirmado por el emperador Graciano y…

—Hablas de personas muertas. No te puedes amparar en ellas para sostener la legitimidad de tu cargo como *magister militum*.

—El emperador Teodosio está vivo todavía, y no me ha depuesto de mi mandato.

—Teodosio no tiene autoridad sobre ti, Arbogastes, él gobierna en Oriente. Valentiniano, por el contrario, sí la tenía, y te saltaste su mandato como si él no fuera nadie.

—Es que no lo es… era. Teodosio, en efecto, es el emperador de Oriente, pero que no sueñe con serlo también de Occidente es algo que no podemos saber.

—Ha tenido la oportunidad de tomarlo para sí cuando derrotó a Magno Máximo —apuntó el cónsul.

—¿Quién sabe? —le puso intriga el franco—. A lo mejor no era el momento oportuno para hacerlo.

Magno Máximo (casi con total seguridad)

Valente

Graciano

Batalla de Adrianópolis

VI.

Emperador de Oriente

Miniatura 31 de la *Crónica de Constantino Manasés*, siglo XII: Emperadores romanos Julián, Joviano, Valente, Graciano, Valentiniano I y Teodosio I

Teodosio hijo estaba en el ostracismo en sus propiedades en Gallaecia por los deméritos de su padre, cargos que se le habían imputado, sin saber nunca en concreto cuáles fueron, de los que por supuesto le sabía inocente, y no únicamente porque él mismo no hubiese demostrado de manera fehaciente su desenvolvimiento eficaz en los puestos en donde había sido dispuesto a lo largo de su carrera al servicio del imperio.

Ya em el año 374, con veintisiete años de edad, estuvo al mando de un contingente en Mesia[12], lugar atacado con frecuencia por los sármatas, que consiguió contener la mayoría de las veces, hubiera perdido o no dos legiones en una de esas lides.

Al igual que su padre, que él sabía que tenía que ver con el oscuro proceso al que se sometió a su progenitor, porque a él nunca le imputaron ninguna falta, delito o fechoría,

---

[12] Mesia era una provincia romana del este de Europa, situada en los Balcanes al sur del río Danubio. Incluía la mayor parte del territorio de la actual Serbia Central, Kosovo y las partes septentrionales de Macedonia del Norte (Mesia Superior), todo el norte de Bulgaria, la Dobruja rumana y pequeñas partes del sur de Ucrania (Mesia Inferior).

fue apartado de su puesto y él inició su exilio dorado

Las cosas de la Corte en torno a un emperador tienen duras intrigas que se pueden comparar a campos de batalla, si es que no son peores aún. Lo cierto es que se vivió una de esos enredos que derivaron en ejecuciones de personas notables en rededor del emperador Graciano, y este volvió su mirada hacia él, con el deseo de recuperarle para lo que el augusto sabía que Teodosio debía hacer, servir a Roma desde una posición digna a sus habilidades, tanto políticas como de armas.

Aun así, Teodosio el joven hubo de permanecer más de tres años en Gallaecia y llegó a suponer que su carrera militar había quedado extinta para siempre. No podía intuir que Graciano estaba esperando el momento oportuno para acudir a él, situación que surgió cuando Valente, el emperador de Oriente, murió en la Batalla de Adrianópolis, librada contra los godos, una de las más duras derrotas del imperio de los últimos años.

Graciano, entonces, lo hizo llamar y le nombró, sin admitir renuncias ni protestas, como sustituto de Valente, en un momento que tras el desastre de Adrianópolis podría resultar muy comprometido.

Teodosio se encontró con unos ejércitos exánimes e insuficientes como para poder derrotar a los invasores godos y expulsarlos así del territorio del imperio y ya en el año 382, acordó con los bárbaros que pudieran permanecer al sur del río Danubio, con la condición de que se convirtieran en aliados gozantes de una autonomía que les permitiera mantener una especie de gobierno propio.

El otro problema con el que contaba el imperio de Oriente eran las disputas con los sasánidas, con los que Roma llevaba combatiendo desde hacía muchos años, por lo que se empeñó en llegar a un acuerdo con ellos que llevó a la firma de un tratado de paz, ya en 386, que supuso la fijación de una frontera acordada entre los dos enemigos de siempre con respecto al reino de Armenia, que supuso en la práctica la partición entre Roma y los descendientes de Sasán, el monarca de dónde provenía su nombre, de su territorio. La firma del tratado entre ambas partes le aseguró una paz duradera que le permitiría disponer de las huestes perennemente situados en la zona de conflicto para otros menesteres que le fueran necesarios.

Pierre Subleyras: *La misa de San Basilio ante el emperador Valente* (1747), en donde se muestra el desmayo de Valente al pedirle abandonar el arrianismo

FABRICAE.

Insignia de los *magistri offciorum*, los hombres responsables de las armerías

Sasánidas

VII.

Los soldados

Un legionario de la guardia del emperador difunto supo que el cónsul y el literato estaban indagando sobre la muerte de Valentiniano, por lo que acudió a verlos a la mansión que el cónsul ocupaba en Viena. Quería contarles algo sobre lo acontecido con el augusto, un hecho del que afirmaba que él había sido testigo.

—Valentiniano era un hombre muy propenso a los juegos, me refiero más a los de entrenamiento que a los de apostar —les dijo—, porque la tarde del catorce de mayo nos hizo acompañarle a las afueras de Viena, en una campa situada junto a las murallas. Vimos venir a Arbogastes, del que supusimos que iba a tratar asuntos de estado con el augusto. Nada más lejos de la verdad. Se acercó a él por la espalda y, sin previo aviso, le asestó un fuerte golpe en la cabeza, tan bien dado que lo mató en el acto.

—¿Ningún soldado de su guardia hizo nada por impedir el asesinato? —preguntó dolido el cónsul—. La víctima era el emperador, no se podía permitir que un tercero lo atacara y o diera muerte.

—No supusimos lo que iba a ocurrir —respondió el soldado—. Cuando nos percatamos de lo que estaba sucediendo, ya era tarde, Valentiniano ya estaba muerto.

—Si Arbogastes mató al augusto, ¿por qué no fue hecho preso de inmediato? —inquirió ahora Ulpio.

—Arbogastes es un general de gran prestigio entre la tropa —argumentó, rayando en lo absurdo, el legionario—, tanto por su valor guerrero como por el desdén que siempre había mostrado por las riquezas. Los soldados guardamos hacia él una gran simpatía, incluso cierta camaradería, lo que no es habitual que ejerza un hombre de su categoría, a ver quién tenía cojones para acercarse a él para hacerle preso.

La confesión del soldado no le reportó ningún beneficio, sino más bien al contrario. Se le mandó prender y se intentó por las buenas que diera los hombres de los compañeros de la guarnición que estaban de servicio con él ese día. No habló.

Entonces se le sometió a tortura, tampoco delató a nadie, pero quedó hecho una piltrafa por las heridas recibidas, que el cónsul ordenó que no se le curaran.

—¿Qué opinas de todo esto? —preguntó Prospero al que fue su amigo.

—Si no ha delatado a nadie tras los tormentos a los que ha sido sometido —respondió Ulpio—, una de dos, o es un hombre de excesiva gallardía que prefiere morir antes de delatar a sus compañeros, o que sea un simple mentiroso, que nos ha contado la historia que nos ha hecho llegar como una forma de adquirir méritos no sé para qué, porque veo ingenuo por su parte mostrarse cómplice de un asesinato, y más de un emperador, no sé qué se suponía que beneficio le reportaría.

—El soldado no sabía que era eso que has dicho, Ulpio —adujo Próspero—, pensaba que lo importante era contar lo que supuestamente vio para mostrar el deseo de que se sepa que Valentiniano fue asesinado y no se suicidó, y así ameritarse como buen soldado que debió creer que así se le ascendería, al menos, a decurión.

—Las personas son difíciles de entender a veces, y esta es una de las ocasiones en que esto ocurre, al menos a mí. Un traidor confiesa una felonía, sin darse cuenta que lo que nos ha dicho no es otra cosa más que eso, y es tan ingenuo que eso le reportará valor ante sus superiores.

Un silencio se cernió sobre el cónsul y el literato. Pensaban cuál era el siguiente paso que deberían dar, aunque Ulpio lo tenía claro desde un principio, aunque le costaba expresarlo en voz alta. Por fin lo hizo.

—Ahora debemos decir si el soldado tenía razón sobre la causa de la muerte de Valentiniano.

—¿Cómo piensas hacer eso?

—Tú y yo vamos a ir a la cámara del palacio donde reposan los restos fúnebres del emperador.

—¿Qué pretendes?

—Tú, eso, ya lo sabes.

—Quieres revisar otra vez el cadáver.

—Si queremos saber si el soldado nos decía la verdad o mentía, no nos queda más remedio.

—Tú ya los has visto.

—No todo. Con el tribuno y el centurión agobiándonos, solo puede ver las marcas del cuello, porque cuando un hombre aparece ahorcado, es lo que urge observar con detenimiento. Si el soldado nos dice ahora que Arbogastes mató a Valentiniano y el ahorcamiento fue una puesta en escena, no nos queda más remedio que ver si es verdad lo que nos dijo este.

—Pues vamos para allá —consintió Próspero, resignado.

Una vez en el palacio, los dos hombres pasaron hasta el mortuorio provisional en que se había convertido una de las salas importantes del edificio.

Tras unos saludos protocolarios, se dirigieron al féretro donde descansaba el cadáver del augusto. Sin pedir autorización, Ulpio asió la cabeza del difunto y buscó las marcas de un golpe, que no encontró.

Uno de los soldados que hacían guardia les reprobó de voz y gesto lo que acababan de hacer.

—Yo soy el cónsul Próspero Domiciano y quien me acompaña Publio Ulpio Quirino, experto, entre otras cosas, en resolución de cuestiones extrañas —fue tajante—. Hemos sido comisionados por Teodosio, el emperador de Oriente, para dilucidar qué ha ocurrido en realidad con respecto a la muerte del emperador Valentiniano. Así que, punto en boca, y si albergas alguna duda sobre nuestra función, ve a avisar a tu superior para aclarar si es verdad o no lo que te hemos dicho.

—No hace falta consultar a un superior para saber que no se puede tocar el cuerpo del emperador muerto —el soldado se mantuvo en sus XIII.

—No solo vamos a tocarlo —repuso Ulpio con aplomo—. Buscamos algo en el cadáver y creí que podía estar en la cabeza, pero no la he encontrado. Por lo tanto, ahora vamos a proceder a desnudarlo, para ver si la evidencia que nos diga lo que le ocurrió a Valentiniano está en un lugar sensible donde también se puede matar a un hombre.

El soldado sacó la espada, otros guardias lo imitaron.

—Vosotros no vais a hacer tal cosa.

—Te equivocas, legionario —sonó una voz a espaldas de los dos pesquisidores, que se volvieron para ver de quién era. Arbogastes hacía hecho acto de aparición—. Lo que han dicho estos señores es cierto, han sido comisionados por el emperador de Oriente para que una muerte sospechosa que le incumbe deje de serlo. Por lo tanto, se debe atender a sus deseos. Señor cónsul, señor escribidor, pueden proceder con lo que tienen decidido hacer

Próspero y Ulpio se pusieron a desnudar el cadáver, primero el torso y la espalda, donde no encontraron ninguna maca sospechosa. Luego le tocó el turno a la parte de cintura para abajo, donde tampoco vieron la huella de una herida mortal, a pesar de que Ulpio le dedicó el tiempo más que necesario para hurgar en las partes viriles.

—Si os pregunto qué buscabais en el cuerpo de Valentiniano, no me podríais responder porque me diríais que eso es un secreto —habló Arbogastes cuando hubieron concluido los dos pesquisidores con su cometido—. Pero como no me considero ningún tonto, les diré que su inspección minuciosa del cadáver del que fue mi amo, supongo que les desmentirá del bulo que corre entre las comidillas de Viena que yo no asalté al emperador en las afueras de la ciudad, junto a las murallas.

—Las conclusiones que obtengamos serán para nosotros mismos —repuso Ulpio—. Ni tú ni nadie más sabrá del estadode nuestra investigación, y te puedo asegurar que no descartamos ninguna posibilidad por el momento.

Los dos hombres se dispusieron a marcharse de allí, el general les chistó para que se volvieran cuando ya le habían dado la espalda.

—¿No se os olvida algo?

—No —contestó el cónsul.

—El cuerpo del augusto, debéis vestirlo de nuevo.

—Que de eso se encargue tu puta madre.

Y se marcharon del palacio.

Ilustración utilizada en la *Notitia dignitatum*
para representar el cargo *del magister officiorum*

Arrianismo

Ambrosio de Milán

VIII.

El obispo Ambrosio

Aurelio Ambrosio, obispo de Mediolanum, de confesión nicena, fue elegido para tal honor casi de casualidad. En el 374, el hombre que ostentaba ese honor, Auxencio, de credo arriano, había fallecido y se le buscaba un sustituto. Las disensiones entre católicos y los seguidores de Arrio eran patentes desde hacía tiempo. Estos últimos, además, contaban con el apoyo del emperador Valentiniano, el segundo, y su madre, que a pesar de su alianza con Teodosio, practicaba sin disimulo el arrianismo.

Lo cierto es que Ambrosio se acercó a la iglesia donde se celebraba el cónclave para la elección del nuevo obispo, para evitar que los seguidores de ambos credos llegaran a las manos, y les dirigió unas palabras. El alegato que estaba pronunciando no llegó a concluirlo, puesto que fue interrumpido por un grito unánime de los presentes, que entonaban como si fueran uno solo «¡Ambrosio, obispo!», por lo que fue nombrado en ese mismo momento como prelado.

Ambrosio era niceno, pero su persona no representaba una oposición frontal por parte de los arrianos, que valoraban de él su carácter dialogante, por lo que todos le aceptaron como obispo.

En un principio, Ambrosio rechazó el honor que se le había otorgado, porque él mismo consideró que no estaba preparado para desempeñarlo. Así que decidió esconderse en la casa de un amigo, para que los electores tuvieran que elegir a alguien más acorde con la responsabilidad de ejercer un obispado. El anfitrión de Ambrosio recibió poco después una carta de Graciano, en la que consideraba que «era conveniente que Roma nombrara individuos evidentemente dignos de posiciones santas». Entonces, sin dudarlo ni un instante, el amigo que tenía oculto al hombre electo para llevar la mitra, lo entregó. Sin perder tiempo, fue bautizado, ordenado y consagrado obispo de Milán.

Las relaciones que Ambrosio mantuvo con Valentiniano II nunca fueron buenas, porque a pesar del carácter permisivo del nuevo prelado, nunca consintió con la pretensión arriana de que les fueran destinadas, en principio dos basílicas, que luego rebajaron a tan solo una, para el culto de su credo.

Valentiniano II y Justina, su madre, hicieron gala de todos los recursos y argucias a su alcance para doblar la voluntad de Ambrosio, incluso intentaron imponérselo a la fuerza. A pesar de ello, nunca hubo en Mediolanum un templo dedicado al culto arriano.

Ambrosio se desplazó a Viena para oficiar el sepelio del emperador y aunque el sermón que pronunció era ambiguo de base, no dejaron de distinguirse alusiones indirectas hacia la responsabilidad de Arbogastes y, al ser su enviado, del propio emperador Teodosio, en la muerte de Valentiniano, que llegó a calificar de asesinato y no de suicidio, «pues un creyente en el verdadero Dios como era él, porque su bautismo de acuerdo al rito católico era inminente, sabe que un suicida tiene vedado el reino de los cielos».

Ambrosio, que era muy poco pródigo al lujo y la ostentación, recibió a Próspero y Ulpio en una humilde habitación de un hostal de Viena, el lugar donde había decidido alojarse.

—Un sermón muy interesante el suyo —dijo Ulpio una vez intercambiaron los saludos de rigor.

—Siempre que hablo desde un púlpito, intento decir lo que me dicta el corazón —respondió él, sin pretender darse importancia, pero dándosela.

—¿El corazón te dicta que Valentiniano fue asesinado y que no se suicidó?

—Llevo dieciocho años siendo obispo de Mediolanum —se explayó Ambrosio—. Conozco todos los entresijos que se cuecen en la ciudad…

—Pero ahora estamos en Viena, no en Mediolanum —le interrumpió el literato.

—Cuando termine lo que estaba diciendo, creo que conseguiré explicarme.

—Perdona, señor obispo, por haberme precipitado en suponer lo que querías decir.

—Decía que soy un hombre versado en lo que la vida quita y da —continuó el mitrado como si no hubiese escuchado la disculpa del literato—. Ante una muerte sospechosa como es la de Valentiniano, la primera pregunta que hay que hacerse es quién sale beneficiado por su óbito.

—Tú, obispo, por ejemplo —la sentencia de Ulpio fue como una puñalada al corazón del clérigo.

—¿Yo? ¿Por qué?

—Erais enemigos declarados. Vuestras disputas son conocidas hasta el rincón más recóndito del imperio.

—El arrianismo y el cristianismo viven en lucha desde hace muchos años. La batalla librada en Mediolanum no es más que un episodio de esa riña —la labia, una de las grandes dotes del obispo—. En este caso en particular, además, la verdad sobre Dios triunfó contra la herejía. Valentiniano me había expresado su voluntad de convertirse al catolicismo mediante el sagrado sacramento del bautismo.

—Lo que significa —intervino el cónsul por primera vez en la conversación— que tú, en vez de salir beneficiado por la muerte del augusto, has podido ser perjudicado.

—Sin ninguna duda.

—Si es así, tampoco le viene bien al emperador Teodosio que Valentiniano haya muerto, y tú le has acusado en público de ser uno de los instigadores de su óbito —continuó Ulpio.

—Yo no he acusado a nadie con sus nombres. Es

más, no lo he hecho con nadie, pero supongo que no será ningún pecado decir que la muerte del emperador tiene más posibilidades de ser un asesinato que un suicidio, y a quiénes les beneficiaría su muerte.

—¿Qué obtendrá de ella Teodosio?

—Nombrar como nuevo augusto a quién él desee. O asumir él mismo tal honor, por lo que se convertiría en el emperador único de toda Roma —explicó el prelado—. Teodosio es, sin duda, el hombre fuerte del imperio en este momento, lo que no quita que, como todos los hombres, tenga sus luces y sus sombras.

»Dos años atrás, Teodosio supo del asesinato de su gobernador en Tesalónica. Quiso vengar esa afrenta, lo que no es muy cristiano pero sí muy humano. El desquite fue desproporcionado. El emperador mató a siete mil personas habitantes de la ciudad. Por ese terrible acto, no tuve otro remedio que excomulgarle, aunque no de un modo definitivo. Teodosio cumplió varios meses de penitencia y mostró público arrepentimiento, momento en que al emperador le fue devuelta la eucaristía.

Aquella fue una evidencia más del dominio de la nueva iglesia cristiana sobre el gobierno de los hombres, incluso de un emperador.

—Lo que nos dices es de suma gravedad —habló Próspero—. Teodosio, implicado en el asesinato de un igual.

—No debemos descartar otra posibilidad —sugirió Ulpio.

—¿Cuál? —se mostró interesado Ambrosio.

—Que Arbogastes haya actuado por su cuenta.

—Si fuera así, ya hubiésemos visto algún movimiento por su parte.

—No lo hará antes de que Valentiniano tenga cristiana sepultura.

—Entonces, tendremos que tener un poco de paciencia —Ulpio pecó de ingenuidad—. Desde que murió el emperador han transcurrido ya varios días, supongo que no tardará en llevarse a cabo sus exequias.

—Aún queda tiempo para eso, Ulpio —suspiró el cónsul—. El funeral por Valentiniano no se llevará a cabo hasta que lo autorice Teodosio. La carta para pedir su permiso se le mandó casi al instante del momento en que se conoció su muerte, pero parece que el augusto de Oriente no tiene ninguna prisa por contestar.

—No sé yo si será cuestión de una demora premeditada de Teodosio o que Viena y Constantinopla están muy lejos la una de la otra —arguyó Ambrosio—. Lo cierto es que si se trata de lo primero, es porque el emperador no se fía del que hasta ahora ha sido el custodio de sus intereses en Occidente, y está a la espera de acontecimientos, que de no producirse de forma inminente, supondrá que responda a la misiva enviada con su autorización expresa para realizar las exequias fúnebres de Valentiniano.

Juan de Valdés Leal: *Consagración de San Ambrosio como obispo* (1673)

Anton van Dyck: *San Ambrosio negando al emperador Teodosio la entrada a la catedral de Milán* (1619)

Soldados godos en el Disco de Teodosio (388)

IX.

Los godos

Evariste Vital: *Godos cruzando un río* (Año Desconocido)

Una de las mayores controversias del reinado de Teodosio como emperador de Oriente fue su relación con los invasores godos, a los que intentó combatir en un principio, aunque la misión de echarlos más allá de las fronteras de Roma se había convertido en una misión prácticamente imposible tras la derrota de Adrianópolis, que había diezmado las tropas imperiales hasta un punto que parecía haber quedado desguarnecido esa parte del imperio.

Al asumir Teodosio la tiara, los godos y otros pueblos bárbaros se hallaban establecidos al sur del río Danubio. Eran de varias tribus, entre las que se encontraban los vándalos, los taifalos, bastarnos y los carpos, originarios de allí, establecidos en las provincias de Dacia y Panonia inferior desde antes incluso de las campañas de Trajano.

La presencia en aquellos territorios de aquellos extraños a Roma era un hecho que Teodosio no podía permitir, pero no contaba con el suficiente número de tropas para acometer una campaña contra ellos que le garantizara el éxito si la emprendía, más cuando Graciano, el coemperador de Occidente renunció de facto sobre las provincias Ilirias y se retiró a Tréveris, uno de sus alojamientos habituales situado en la Galia, con el propósito de que Teodosio actuara como le conviniera contra las invasores, lo que en realidad significaba un apáñatela como puedas porque aceptó hacerse cargo de Oriente cuando él le propuso asumir el cargo de augusto de esa parte del imperio.

La solución que el augusto hispano consideró más conveniente fue hacer una recluta, a la que se sumaron sobre todo godos, que tendrían que luchar contra prójimos de parecido talante que ellos mismos. No tuvo más remedio que aceptar esto, pues necesitaba a toda costa y de manera urgente reconstruir el ejército romano de Oriente, y los hombres más capacitados para ello eran los bárbaros que ya habían ocupado parte del territorio que le correspondía regir.

El problema fue que la guerra se convirtió entonces en una lucha de bárbaros contra bárbaros y, en esas circunstancias, las lealtades de los hombres reclutados por el emperador siempre pendían de un hilo, que en un momento determinado de una batalla podrían cambiar de bando y, así, los amigos convertirse en enemigos.

Teodosio realizó, ante tal eventualidad, un movimiento estratégico para evitar ese más que probable problema. Embarcó a los soldados recién reclutados hacia Egipto e hizo traer a su lado a las tropas establecidas allí, compuesta en su mayoría por romanos, con más experiencia en la milicia y de los que creía tener asegurada su fidelidad.

A pesar de todo, Teodosio se encontró con alguna derrota, nunca de la importancia de Adrianópolis y ante la visión de que la situación no mejoraba para él, Graciano abandonó su letargo y mandó tropas para echar a los godos de Panonia y Dalmacia, lo que dio un respiro al nuevo augusto, que finalmente pudo entrar en Constantinopla, la capital de su reino, a finales del año 380, prácticamente un año después de su nombramiento como emperador de Oriente.

El nuevo augusto supo que debería lograr que se pudiera mover libremente por el territorio que gobernaba, que no debería repetirse la odisea de su venida desde Hispania a su capital y, como no era un estúpido, supo que los godos establecidos dentro de las fronteras de Roma serían muy difíciles de vencer en una guerra abierta. Así que buscó llegar a un acuerdo con ellos, en los que se beneficiarían las dos partes, aunque él apareciera ante la opinión pública como el gran favorecido de los mismos.

Tras dos años de negociaciones, en octubre de 382 se firmó un tratado con el grueso de los pueblos godos, un pacto que permitió a estos permanecer en la frontera sur trazada por el río Danubio, en la provincia de Tracia, gobernándose a sí mismos con un alto grado de autonomía. A cambio, los bárbaros allí establecidos adquirían obligaciones militares para luchar codo con codo con los romanos como un contingente nacional, sin necesidad de integrarse en los ejércitos romanos, A pesar de esta especie de cláusula restrictiva, muchos de los godos se integrarían en legiones romanas o como foederati[13] durante determinadas campañas.

A pesar de ese acuerdo, partidas de bárbaros prefirieron no adherirse *de facto* a este acuerdo y actuaron como mercenarios de cambiante lealtad durante las guerras civiles por el control del imperio.

Un caso muy significativo fue el de Alarico, un general tervingio, que combatió como aliado de Teodosio en los últimos años de su reinado para, a la muerte de este, volverse contra Arcadio, uno de sus hijos, proclamarse como primer rey visigodo y protagonizar el saqueo de Roma del año 410.

---

[13] Los *foedera*ti (o federados) eran los pueblos, y en su caso naciones, que estaban aliados a Roma pero sin ser considerados ni como parte de ella ni como súbditos de la misma.

Teodosio ofrece una corona de laurel al vencedor, en la base de mármol
del obelisco de Tutmosis III en el Hipódromo de Constantinopla

J-N Sylvestre: *El saqueo de Roma* (1890)

X.

El centurión

La carta con la autorización de Teodosio para el funeral de Valentiniano se hacía esperar, por lo que el cónsul Próspero y Publio Ulpio Quirino siguieron a lo suyo, en este caso atar un cabo suelto que les había quedado por atar cuando el soldado que vino a verles dijo haber sido testigo de la muerte violenta del emperador difunto por parte de Arbogastes y que el reconocimiento físico de su cadáver no

115

les mostró. Una marca de ese tipo no se podía ocultar en un cuerpo, de tal forma que los dos pesquisidores encargados de esclarecer las causas de la muerte del augusto supusieron que aquella declaración fue una triquiñuela para despistar el sentido de sus indagaciones.

Los dos hombres fueron en busca del centurión Espurio Lucrecio Tricipitino, eludiendo la presencia del tribuno que le mandaba, Lucio Junio Bruto, puesto que consideraron que el asunto del legionario delator era más cosa de soldados que de política, aunque ninguno de los dos descartara que fuera una trama de ese tipo para que ambos no llegaran a un resultado concluyente en el transcurrir de su investigación.

El centurión estaba en los cuarteles destinados a la tropa en Viena, aparentemente fuera de servicio, un oprobio que mostraba de forma evidente la dejación de las funciones que el gobernador de la ciudad le había encargado, que no eran otras que indagar hasta sus últimas consecuencias la causa verdadera de la muerte de Valentiniano.

Así se lo hizo notar el cónsul, que recibió una respuesta que les pareció inadecuada a los dos hombres, que lo único que habían sacado en claro de sus indagaciones era que el emperador había sido asesinado, que no se había suicidado, por lo que la suficiencia con la que les contestó Lucrecio les enervó más todavía.

—A vosotros dos, un cónsul, que no sé muy bien cuál es su función real en el tiempo de un imperio, y un literato que solo cuenta con lectores de sus libros a familiares y amigos —el centurión se lanzó al ataque sin conceder la más mínima tregua—, es muy posible que les sobre el tiempo. A mí, por el contrario, un centurión del ejército de Roma, este me falta para poder cumplir con todas las funciones que son propias de mi grado y de las que me añade el gobernador de Viena. Con esto quiero deciros que a mí se me encargó dilucidar qué es lo que había pasado con la muerte del emperador y he cumplido con creces ese cometido. Valentiniano II decidió quitarse la vida, y que el suicidio fue la causa de su muerte está claro como el agua.

—Todo lo contrario, ocupadísimo soldado —habló Próspero—. Las evidencias muestran bien a las claras que el augusto fue asesinado, y si tú no las quieres ver, es evidente que es para quitarte el muerto, nunca mejor dicho, de encima.

—Cuestión de opiniones. —El centurión se encogió de hombros—. Yo sé lo que he visto y no hago especulaciones carentes de sentido como haces tú y quien te acompaña, que de letras sabrá mucho, pero de matar o ser matado no tiene la más mínima idea.

—¿Lo que estás diciendo significa que no vas a indagar más en las causas de la muerte de Valentiniano?

—Eso mismo.

—Si es así, no me quedará otro remedio que hacerte arrestar por incumplir una orden directa de un superior.

—Tú no tienes autoridad para hacer tal cosa.

—Tal vez sí, tal vez no. ¿Quieres que probemos si puedo dar orden de prenderte y que des con tus huesos en una pútrida mazmorra?

Lucrecio, al escuchar lo último dicho por el cónsul, perdió una buena parte de la prestancia y orgullo con el que se había manifestado ante sus interlocutores hasta ese momento, y dejó de impedir a toda costa ser interrogado a avenirse a ello.

—Si habéis venido a verme, supongo que será porque queréis saber algo de mí.

—¿Conoces a Marco Tulio, uno de los soldados establecidos en Viena? —intervino Ulpio.

—Más bien diría que lo conocí, hablando en pasado, porque si no me equivoco ha sido torturado hasta morir.

—¿Estaba destinado en tu centuria?

—No. Estaba en la que está bajo el mando de Séptimo Antonio, que huelga decir que también es centurión como yo.

—¿Eso significa que no tenías ningún trato con él?

—Entre legionarios siempre coincidimos en algunas cosas, ya sean batallas, guardias o borracheras.

—¿Erais íntimos?

—No. Solo tratábamos en los momentos que he dicho antes.

—¿Formabas tú parte de la escolta del emperador el pasado catorce de mayo?

—No. El día al que os referís era jueves, y los jueves siempre que el servicio me lo permite, es cuando voy a ver a mi puta preferida, Gosuinda, que aunque es goda es capaz de llevarte al cielo cada vez que yaces con ella.

—¿Dónde podemos encontrar a Séptimo Antonio, el centurión que nos has citado como responsable de Marco Tulio?

—Si no está de servicio, andará por estos mismos cuarteles.

Los recorrimos en busca del otro centurión, hasta que conseguimos dar con él. Se trataba de un hombre de pocas palabras, curtido en mil batallas, como mostraban las cicatrices que salpicaban su cuerpo en las partes que sus vestiduras dejaban ver. De hecho, su faz era todo un poema en ese sentido.

La primera pregunta que le hicimos fue la misma que efectuamos a Lucrecio, que si sabía quién era Marco Tulio.

—Sí, formaba parte de mi centuria —respondió él.

—¿Tenía un trato especial con él? —las preguntas seguía haciéndolas Ulpio.

—¿A qué te refieres con eso?

—A que si erais amigos.

—No. Tulio era un hombre de un carácter endiablado, los amigos que tenía dentro de la tropa se podrían contar con los dedos de una mano, y sobrarían algunos.

—¿Marco Tulio tenía servicio de escolta el día que mataron a Valentiniano?

—No.

—¿Estás seguro de eso?

—Totalmente. A un orate como me parecía que era Tulio nunca le hubiese asignado la protección de nadie, menos del emperador

—Él vino a vernos y nos dijo que sí.

—Mentira.

—También nos contó que vio como Arbogastes mataba al emperador en las campas que rodean Viena, donde las murallas.

—Tulio era un hombre muy pagado de sí mismo. No ocultaba a quien le quisiera escuchar que él debería ser ya decurión, cuando por nada del mundo jamás le hubiese promocionado a un puesto que no fuera el de simple legionario —el centurión se excedió en el habla por esa única vez—. Él no pudo ver lo que os dijo, porque nunca estuvo allí.

El cónsul llevaba mucho tiempo callado, prefería que el peso de los interrogatorios los llevara su compañero, pero en ese momento le asaltó una duda que no pudo evitar aclarar.

—¿Tú crees que el emperador Valentiniano fue asesinado?

Antonio tardó un buen rato en responder.

—¿Acaso importa eso? —dijo finalmente.

—A mí, sí.

—Valentiniano fue asesinado, pero no como Tulio les ha referido.

—¿Cómo sabes lo que nos contó él?

El centurión no contesto a la pregunta, se fue por las ramas y ofreció a sus dos visitantes que hablaran con la escolta dispuesta el catorce de mayo para salvaguardar al emperador.

Ulpio insistió en que Antonio respondiera a la última pregunta, hasta que este contestó que lo sabía porque Marco Tulio era un bocazas que había ido diciendo en voz en grito el ataque de Arbogastes a su señor.

Ni Próspero ni él quedaron satisfechos con su justificación.

Como no querían descartar ninguna posibilidad, hablaron con todos los legionarios que habían sido la escolta de Valentiniano el día de su muerte. Todos menos uno repitieron, como si se lo hubiesen aprendido de memoria, que durante los juegos que quiso disfrutar el emperador no hubo ningún ataque contra su persona y que Marco Tulio no había formado parte de la partida encargada de velar por la seguridad del augusto..

Solo uno de ellos contradijo a todos los demás.

—Marco Tulio sí estuvo ese tarde en esa campa junto a las murallas —dijo—. No como escolta, pero sí para ayudar en lo que vino después, llevar el cuerpo del emperador hasta su mansión y ahorcarlo como si se hubiese suicidado.

—¿Tú viste cómo le mataban? —preguntó Ulpio.

—Todos lo vimos. Si nadie habla es por el miedo o la admiración que sienten por Arbogastes.

—¿Cómo lo mataron?

—Estrangulándole con una especie de alambre.

—Por tus palabras anteriores, nos has dicho que fue Arbogastes quién lo mató.

—Yo no he acusado a nadie.

—Has mencionado a Arbogastes.

—Sí, pero refiriéndome al miedo o admiración que inspira, no he ido más.

—Ahora te lo pregunto directamente. ¿Fue Arbogastes?

—Vosotros sois los que tenéis que averiguarlo, para eso os han comisionado, yo ya os he contado bastante.

Se produjo un breve silencio, que el cónsul aprovechó para no ser tan directo en la conversación con el legionario.

—Deberías denunciar el crimen —dijo entonces Próspero, un poco fuera de lugar ya.

—¡Ni loco! —exclamó el legionario con enojo, pero sin levantar la voz, y se fue a levantar para dar por concluida la entrevista con los comisionados de Teodosio. Ya de pie, susurró unas últimas palabras—. Por supuesto, entre los presentes en aquella escolta, estaba el centurión.

—¿Te refieres a Séptimo Antonio?

—¿A quién, si no?

Próspero y Ulpio, de vuelta a sus respectivos domicilios, apenas cruzaron palabra.

Al irse a separar, el cónsul no pudo evitar preguntar al literato su opinión.

—Algo gordo se está cociendo, Próspero —dijo—. A Marco Tulio le prometieron hacerle decurión si participaba en la conspiración para asesinar a Valentiniano, supongo que a los demás les habrán con compraron con su propio precio. La muerte del emperador era imprescindible para que alguien obtuviera su propósito.

—Aún no ha acontecido nada fuera de lo normal.

—Porque falta una cosa para que el plan trazado se lleve a cabo.

—¿Cuál?

—La carta de Teodosio autorizando las exequias del emperador muerto.

El emperador Eugenio (posible), acompañado. Sería la única representación del mismo existente, más allá de su efigie que aparece en las monedas

Teodosio

X.

Eugenio

Franck Devedjian: Templo de Venus y Roma (2009)

Las conclusiones que habían obtenido los dos encargados por Teodosio para el esclarecimiento de las circunstancias de la sospechosa muerte del emperador Valentiniano II, se las hizo llegar el cónsul al preboste que le había encargado la investigación y, ambos juntos, al gobernador de Viena, que los escuchó detenidamente, pero que decidió hacer de Poncio Pilatos, esto es, lavarse las manos, mientras no encontrara ningún indicio sospechoso en la actitud de

Arbogastes que justificara la comisión de un asesinato de tanta trascendencia como era el del emperador, por lo que decidió mantenerse a la espera de acontecimientos.

—¿De cuánto tiempo estamos hablando? —preguntó el cónsul con un deje de ironía en la voz.

—Viena, todo Occidente en realidad, está a la espera de la carta del emperador Teodosio en la que autorice el entierro de Valentiniano —contestó el gobernador—. Todos sabemos que lo que tenga que acontecer será cuando se nombre a su sucesor, si es que Teodosio no dispone con ser el augusto del imperio entero, que sea cual sea lo que ocurra, abrirá la caja de los truenos.

—La puta carta. La vida entera parece haberse congelado hasta que no se reciba esa misiva —rezongó Próspero.

—La cuestión es que si lo que ocurra después de las exequias de Valentiniano os beneficiará o perjudicará a vosotros dos, porque como sea que Arbogastes tenga un plan oculto y lo consiga llevar a cabo, vuestra vida estará en peligro sabiendo todo lo que sabéis sobre su participación en el asesinato del emperador, de lo que estoy seguro que estará al tanto.

—¿Qué nos aconsejas?

—Que os marchéis de Viena. Mediolanum no está

muy lejos de aquí y si Arbogastes quiere tomar represalias contra vosotros dos, al menos le sacaréis dos días de ventaja para poder huir de él si fuera necesario. Pero tampoco debéis estableceros allí, porque Valentiniano será enterrado en Mediolanum y no en Viena.

Antes de visitar al gobernador Próspero y Ulpio escribieron al emperador Teodosio, al que ni siquiera conocían en persona porque el encargo de las pesquisas les había llegado de forma indirecta aunque fuera por mandato suyo, sin duda dado mucho antes de que se produjera la muerte de Valentiniano, dada por si acaso ocurría algo de tan suma gravedad como lo acontecido, para contarle todas las conclusiones que habían extraído de sus indagaciones sobre el que ellos consideraban asesinato de Valentiniano, pero no podían esperar una ayuda inmediata de él. Constantinopla y Viena, o Mediolanum dado el caso, estaban separadas por muchas millas, por lo que la idea de poner cierta distancia entre Arbogastes y ellos no les pareció una mala idea. Después de todo, ninguno de los dos tenía establecida su residencia en la Galia, por lo que irse de allí no les suponía ningún trastorno.

Viajaron a Mediolanum, que tomaron como una etapa de un periplo más largo tal como les habían aconsejado, que los condujo hasta Ravenna[14], situada en el mar Adriático, con un puerto de importancia que les permitiría embarcar hacia Oriente en caso de necesidad.

Durante el transcurso de lo que ellos llamaban sin ambages huida, llegó por fin a Viena la misiva de Teodosio en la que autorizaba la celebración del entierro de Valentiniano. Sin duda, se había hecho esperar. La muerte del augusto de Occidente se había producido el día catorce de mayo, la carta del emperador de Oriente había llegado a su destino a mediados de agosto.

Los restos embalsamados de Valentiniano II fueron trasladados con gran boato hasta Mediolanum, donde se celebró un funeral de estado que duró varios días.

Una vez concluidos todos los homenajes al difunto augusto, Arbogastes no tardó en mostrar sus cartas. El veintidós de agosto, con el apoyo del senado de Roma, cuyos componentes eran en su mayoría paganos, hizo proclamar a Flavio Eugenio[15], un profesor de gramática y retórica muy amigo suyo, como emperador de Occidente, al que realmente dirigiría él como a un títere.

---

[14] Actual Rávena, ciudad situada en la actualidad unos pocos kilómetros alejada de la costa, cosa que en la Antigüedad no era así.
[15] Algunos autores afirman que Arbogastes y Eugenio eran la misma persona. Que el franco cambió su nombre para romanizarlo y que con él se proclamó a sí mismo emperador.

Al conocer este hecho, Próspero y Ulpio confirmaron lo que ya sabían. Arbogastes había asesinado a Valentiniano II.

Eugenio, nada más acceder a la púrpura imperial, empezó a destituir a altos cargos de la administración de Occidente, en buena parte colocados allí por Teodosio, para sustituirles por hombres fieles a su persona, o más bien a Arbogastes, en su mayoría pertenecientes a la clase senatorial.

A pesar de que Eugenio era cristiano, se trataba de un hombre muy tolerante con todos los credos que convivían con él. Incluso, como Arbogastes era pagano, no le importó recorrer el camino para volver al culto de los dioses tradicionales romanos, siempre en la línea de los preceptos del difunto emperador Juliano, que había modernizado los antiguos ritos para adecuarlos al tiempo que discurría ahora. Según las palabras de lo aristocracia idólatra que se mantenía en los credos tradicionales de Roma, el propósito de todas estas medidas era acabar con el ateísmo cristiano.

Juliano, que visto lo visto no fue el último emperador pagano de la historia de Roma, sino Eugenio, aunque este se tratara de un usurpador, se basó en el culto tradicional romano al que añadió matices extraídos del neoplatonismo, de Zeus más que de Júpiter, del mitraísmo y la creencia en la magia y los augures. Aquel fue el paganismo Eugenio que se avino a propagar, porque el recuerdo de Juliano y sus tesis aún estaba muy frescas en las mentes de la aristocracia pagana del imperio[16].

Eugenio, que se veía en un lugar que nunca había imaginado, el trono imperial, se avino a cualquier cosa que fuera necesaria para mantener la tiara sobre su cabeza, dejando de lado la religión que profesaba, si era un impedimento para sus propósitos.

Por ese motivo, no se opuso a que el culto tradicional romano fuera restaurado ni que se devolviera a los templos erigidos a los dioses antiguos los bienes que se les habían confiscado para entregárselas a las iglesias y basílicas cristianas.

Otras medidas tomadas por el nuevo emperador tuvieron mucha más visibilidad. Dispuso de la reedificación del templo de Venus y Roma y el arreglo del ruinoso Altar de la Victoria situado junto a la sede del senado.

La nueva política del emperador Eugenio, como era de prever, contó con un enemigo pertinaz, el obispo Am-

---

[16] Juliano fue emperador de Roma entre los años 361 y 363 d.C.

brosio, cuya popularidad ya sabemos que era muy grande en la ciudad de Mediolanum.

La reacción de Teodosio fue lenta, como parecía ser habitual en él, y como precedente se puede citar la tardanza en escribir la misiva que autorizaba el sepelio de Valentiniano, aunque sí se supo que desde el mismo instante de producirse el nombramiento de Eugenio se opuso a él.

Teodosio pasaba por el momento crítico, que ya se ha citado con anterioridad, del contingente de sus ejércitos, por lo que no pudo oponer unas fuerzas suficientes con posibilidades de ganar una batalla contra la hueste de Eugenio, por lo que tuvo que preparar con minuciosidad la campaña que habrían de emprender contra el usurpador y su amo.

Porque en el bando Occidental las cosas en lo que respectaba a este aspecto, Eugenio estaba consiguiendo una fortaleza militar que pretendía mantenerle en el puesto que se había apropiado. Apoyó la integración de alamanes y francos en la sociedad romana, godos con los que ya contaba Arbogastes como fieles suyos. Con tal densidad de efectivos, Eugenio partió hacia la frontera del río Rin y, sin necesidad de entrar en combate, solo haciendo alarde de la hueste que le acompañaba, impresionó a las tribus revoltosas y consiguió pacificar la marca.

Retrato de Juliano el Apóstata, grabado del siglo XIX

Juan de Licópolis: *Eremita y augur que previó la victoria de Teodosio*

Jean-Paul Laurens: *El Emperador Honorio* (1880)

XI.

La Batalla del río Frígido

El emperador Teodosio sabía que Arbo-gastes le había traicionado. Él fue quien le puso de custodio de Valentiniano pero, poco a poco, fue tomando atribuciones que no le ha-bían encargado y se convirtió, de facto, en el gobernante en la sombra de Occidente.

La confirmación de esa felonía provino de que una de las primeras medidas que tomó Eugenio fue relevar a todos los fieles a su persona de los puestos relevantes que ocupaban, por lo que perdió el control de los asuntos de esa parte del imperio.

A las personas se les acaba conociendo por sus actos, y se había dado cuenta de que Arbogastes era un hombre de una ambición extrema que se habría proclamado a sí mismo emperador si la norma se lo hubiese permitido.

A Teodosio no había que convencerle de lo sucedido con respecto a las circunstancias de la muerte de su homónimo en el cargo en la otra mitad del imperio. Valentiniano había sido asesinado, su propia esposa, la segunda con la que estuvo casado, Gala, hermano del difunto, no había dejado de insistirle en ello desde el mismo momento en que supo de su muerte. Y ahora, para confirmarlo del todo, acaba de recibir la carta de sus enviados a investigar qué había ocurrido con respecto al joven augusto, con un informe detallado de todas sus pesquisas que les llevaban a asegurar sin ningún género de dudas que Arbogastes en persona, o por orden suya, había matado a Valentiniano para hacerse con el poder.

El augusto de Oriente, católico devotísimo, hervía de rabia por las medidas que Eugenio, bajo el dictado de Arbogastes, haya dispuesto para reponer a los antiguos dioses en sustitución del verdadero, una forma de hacer desaparecer el cristianismo de la vida cotidiana de los moradores de aquella parte del imperio.

Eugenio no tenía miedo de su igual en Oriente, pues conocía la debilidad de las fuerzas de su homologo, que aún no se había recuperado del desastre de Adrianópolis. A pesar de ello, el usurpador mandó una embajada a Constantinopla para entrevistarse con Teodosio y solicitarle que su persona fuera reconocida com el augusto de Occidente.

La reacción del emperador fue ambigua, sin decantarse en el sí o en el no. Para ocultar aún más su estrategia futura, agasajó a los enviados con regalos y una serie de promesas vacuas.

La respuesta de Teodosio no se efectuó con palabras, sino con hechos. En enero de 393 nombró a su hijo Honorio, de ocho años de edad, augusto de Occidente, por lo que daba a entender que no reconocía la legitimidad de Eugenio y provocaba un conflicto latente entre las dos partes del imperio. El emperador hispano había decidido invadir la parte del imperio que sabía que gobernaba Arbogastes en la sombra.

Debido a la debilidad de Oriente que le impedía emprender la campaña con garantías de éxito, los preparativos de la guerra duraron un año y medio.

Durante ese tiempo, Teodosio se empeñó en formar un ejército suficiente como para emprender la conquista de Occidente. Para ello contó con la ayuda de dos de sus generales, Estilicón y Timasio, para que volvieran a implantar la disciplina en las legiones que aún poseía tras el desastre de Adrianópolis y reclutar nuevas tropas entre los varones que vivían en sus dominios y repescar a veteranos.

Mientras tanto, envió a Egipto a uno de sus consejeros en que más confiaba, el eunuco Eutropio, para visitar a Juan de Licópolis, un eremita con fama de santo que mantenía contacto directo con Dios y, con ello, con capacidades de adivino, que profetizó que Teodosio triunfaría en su propósito.

En mayo del 394 el ejército que iba formando el emperador hispano estaba acampado en las proximidades de Constantinopla, que seguía siendo insuficiente para emprender con éxito la campaña. Teodosio llegó a acuerdos con los godos que campaban en el territorio gobernado por él, de tal forma que la hueste imperial se vio fortalecida por un buen número de auxiliares bárbaros, entre los que se contaban unos veinte mil visigodos. Además, había recibido el refuerzo de legionarios procedentes de Hispania, descontentos por las medidas tomadas por Eugenio para reimplantar el culto a los dioses tradicionales, y también sirios.

Teodosio no quiso delegar el mando de su ejército a nadie que no fuera él, y se puso al frente de la hueste. A su lado contaba con el apoyo de generales de gran confianza, como fueron Estilicón, Timasio y Bacurio, además de disponer con el prestigioso Alarico, sobre el que guardaba sus recelos, puesto que no estaba seguro de su lealtad a su causa, que finalmente mantuvo durante toda la campaña.

El ejército emprendió el camino hacia Occidente, pasando por Panonia y los Alpes Julianos, avance que no tuvo ninguna oposición por parte del enemigo. La situación se tornó sospechosa, pero los exploradores no encontraron tropas hostiles que les impidieran cruzar los pasos montañosos sin caer en una emboscada.

Aquella facilidad para cruzar las montañas correspondía a una táctica preparada por Arbogastes, aprendida de cuando guerreó contra el usurpador Magno Máximo en la Galia, porque consideró que lo más conveniente para su ejército era mantener a todas sus fuerzas unidas en un solo bloque. Su tropa estaba formada por soldados francos, galorromanos y los auxiliares godos con los que ya contaba antes de emprender la lucha que se avecinaba.

El ejército de Teodosio, de esta forma, llegó hasta el valle del río Frígido, próximo a la ciudad de Aquilea, que Arbogastes había elegido como campo de batalla.

Teodosio, que muy probablemente no era un gran general, ordenó atacar de inmediato a la vista del enemigo, sin haber tomado la precaución previa de efectuar un reconocimiento del entorno donde se iba a librar el lance. Dispuso que los godos a su servicio fueran la punta de lanza de su precipitada ofensiva, con la esperanza oculta de que los bárbaros sufrieran más bajas que cualquier otro cuerpo de su ejército, y así disminuir la amenaza de aquellos intrusos instalados dentro de los límites del imperio.

El ataque fue salvaje, lo que produjo muchas muertes en los dos ejércitos, entre las que tuvo la del general Bacurio, comandante de Teodosio procedente de la Iberia Caucásica[17].

---

[17] Futura Georgia.

El final del día no supuso la victoria de ninguno de los dos bandos. Eugenio mantuvo sus posiciones, por lo que Arbogastes decidió destacar a una parte de sus soldados a cerrar los pasos de montañas en la retaguardia del enemigo. La victoria en la batalla parecía inclinarse más del lado de los occidentales que de los orientales.

La noche se dio extraña para el emperador Teodosio, que conocía que la moral de los suyos había disminuido hasta extremos alarmantes. Según contó él cuando hubo amanecido, durante el duérmela en que transcurrió su sueño, se le aparecieron dos jinetes celestiales vestidos de blanco, que le insuflaron ánimos sobre lo que habría de acontecer en la nueva jornada de lucha.

Lo cierto que el día despuntó con una muy buenas noticias. Las tropas enviadas por Arbogastes para cerrar el valle a su posible huida no cumplieron con su cometido y, por el contrario, se habían pasado a sus filas.

Teodosio, exultante tras su sueño y la buena nueva, ordenó un nuevo ataque. La batalla se mantuvo equilibrada hasta que se levantaron unos vientos que allí se llamaban la bora, típicos de la región, que cayeron en picado desde el cielo hasta la tierra, con una gran fuerza, que aunque se dieron en todo el valle donde se desarrollaba la contienda, perjudicaron más a los occidentes, que se vieron rodeados de nubes de polvo que cegaron a la mayor parte de los soldados de su bando.

Ante la situación creada, los teodosianos redoblaron su ataque y consiguieron romper las líneas enemigas y conseguir la victoria. La predicción de Juan de Licópolis se había cumplido.

Eugenio fue capturado y traído ante Teodosio. Suplicó por su vida, que el hispano desoyó y fue decapitado allí mismo.

Arbogastes consiguió huir y se refugió en las montañas cercanas. Pocos días después, decidió suicidarse.

La consecuencia inmediata de la victoria de Teodosio fue que, a pesar de que había nombrado augusto de Occidente a su hijo Honorio, fue que fue el último emperador romano que gobernó en todo el imperio unido.

La batalla de Frígido tuvo lugar en el mes de septiembre de 394, Para desgracia del imperio, las guerras civiles habían mermado las legiones establecidas para su defensa y fue uno de los desencadenantes de la caída del imperio occidental poco más de cincuenta años después.

Para remate de lo malo que podía ocurrir, en enero del año siguiente, tan solo cuatro meses después de la unificación del imperio por Teodosio, este falleció en Mediolanum de muerte natural y en su testamento se estipuló que Roma volviera a dividirse en dos,

concediendo Oriente a su primogénito Arcadio y Oriente a su segundo vástago, Honorio.
El mayor tenía dieciocho años de edad y el
pequeño, once.

Sólido de Teodosio I

Sólido de Arcadio

Sólido de Honorio

Díptico del emperador Honorio (hacia 406)

Estilicón

Autor Desconocido: *Alarico en Atenas*

XII.

Rufino

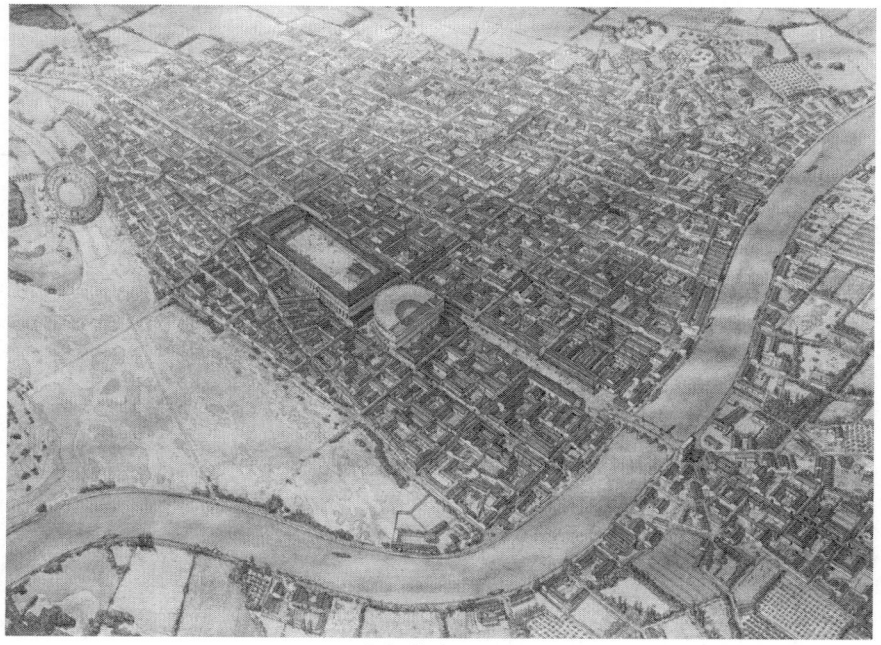

Mediolanum

Teodosio pretendió un absurdo, dividir el imperio en dos, entre sus dos hijos, de los que no podía saber por su corta edad la flojedad de carácter que mostrarían ambos durante todo su vida, con la pretensión de que Occidente y Oriente hicieran una misma política, una cosa que se demostró desde el principio que iba a ser un imposible, por lo que se puede afirmar que la división del imperio en dos adquirió un carácter institucional que perduró mientras ambas mitades coexistieron, durante unos pocos años ya en realidad.

Teodosio eligió a Estilicón como tutor de sus hijos, aunque ese mandato solo fue efectivo con Honorio, el augusto de Occidente. Dándose cuenta de ello, buscó fortalecer su relación con el joven emperador perpetrando la boda de este con una de sus hijas, enlace que fue repudiado por muchos por considerar como totalmente impropio el matrimonio de un emperador romano con una mestiza de godo y romana.

La muerte del general Timasio le proporcionó a Estilicón el control total sobre los ejércitos de Occidente, aunque él ya sabía que la otorgación de un cargo no era condición *sine qua non* de que los no favorecidos lo acataran. En la parte occidental del imperio se convirtió en el hombre fuerte, quien mandaba realmente en los asuntos de estado, mientras que en Oriente había ocupado ese rol el prefecto pretoriano Rufino.

Estilicón se encontró con el mismo problema que tuvo antes Arbogastes, tenía sangre goda, por lo que no pudo convertirse en un emperador que usurpara el trono, además que para él pesara de manera decisiva en su ánimo la promesa hecha a Teodosio poco días antes de su muerte.

La batalla de Frígido había supuesto que todos los ejércitos del imperio se encontraran en la parte occidental del mismo, hecho que fue aprovechado por los hunos para atacar Oriente. La invasión se produjo a través del Cáucaso y el río Danubio, donde estaban establecidos los godos, que no pudieron soportar el empuje de los asiáticos. Los bárbaros, a cuya cabeza estaba el ya proclamado rey Alarico, hubieron de desplazarse hacia otras provincias inmediatas del imperio, que fueron saqueadas sin piedad.

Estilicón, a pesar de que los estragos cometidos por los godos estaban produciéndose en el territorio nominalmente enclavado en Oriente, acudió con un ejército a Grecia para enfrentarse a Alarico, sin otra pretensión aparente que acabar con los desmanes de los bárbaros invasores.

Aquella expedición fue tomada muy a mal por Rufino, que estimó que el verdadero motivo de Estilicón con la acción que había emprendido era convertirse también en el hombre fuerte de Oriente, por lo que pidió a Arcadio que retirara su hueste del territorio bajo su dominio.

El general medio vándalo supo de inmediato que detrás de esa orden estaba Rufino, que fue muerto en un atentado perpetrado por unos desconocidos.

En ese momento, para esclarecer los hechos sobre el asesinato de Rufino, fue requerido una vez más el cónsul Próspero Domiciano, aunque fuera un cargo instituido en Occidente, un hecho que para los consejeros de Arcadio era un punto a su favor, puesto que esa tesitura le haría ser neutral. El encargo se lo propuso Eutropio, el nuevo favorito de Arcadio.

Como la vez anterior, localizó a Publio Ulpio Quirino, que seguía viviendo en Ravenna, ciudad de la que el cónsul se había trasladado a Mediolanum tras el resultado dado en la Batalla de Frígido, que conllevó la muerte de los dos hombres que más inquina podrían sentir hacia él. Eugenio y Arbogastes.

Próspero se ofreció a trasladarse hasta Ravenna para tomar desde allí el primer barco que les llevara a Constantinopla. Ulpio le contravino. Lo mejor que podían hacer los dos era que fuera él quien se desplazara a Mediolanum para resolver el crimen.

¿Resolver? El asesinato de Rufino se había cometido en Constantinopla, no en Mediolanum, allí no se podría investigar los hechos del crimen, descubrir quién era el culpable del mismo.

Ante la insistencia de Ulpio, Próspero cedió a sus deseos y le esperó en Mediolanum.

El literato tardó aún unos días en dejarse caer por la capital de Occidente, no parecía tener ganas ni mucho menos prisa en realizar el nuevo encargo.

—Lo que me tienes de explicar de principio —exigió el cónsul con no muy buen talante—, es que hacemos en Mediolanum y no de camino a Constantinopla.

—Resolver el crimen que te han encargado aclarar.

—No creo que lo consigamos permaneciendo en Mediolanum.

—Todo lo contrario, Próspero —Ulpio fue tajante—. Si no fuera así, no hubiese aceptado ayudarte, no tengo ninguna gana de desplazarme a un sitio tan lejano como es Constantinopla.

El cónsul miró al literato con gesto de extrañeza. No entendía nada.

—¿Qué pretendes? No acabo de entender lo que tratas de hacer.

—Muy sencillo. Pedir audiencia a Estilicón y preguntarle por el asunto que nos traemos entre manos.

—¿Una audiencia con el hombre más importante de Occidente? No veo nada fácil conseguirla.

—Te equivocas —opuso Ulpio—. Estilicón es una persona de una gran valía, una esperanza para esta Roma en decadencia, pero tiene el defecto de ser un hombre muy pagado de sí mismo. Si como yo sospecho, el general ha tenido algo que ver en la muerte de Rufino, te puedo asegurar que no temerá recibirnos, e incluso confesarnos que él perpetró el asesinato de su rival político.

Próspero se puso blanco como la cal. Lo que le acababa de decir Ulpio le había cogido desprevenido, no había pensado en una posible implicación de Estilicón en el homicidio que estaba pesquisando. Si era verdad que el regente estaba implicado en el asunto, mal les podría ir a ellos si decidía tomar represalias contra ellos.

—No te acojones, Próspero —el literato tampoco estaba tranquilo, pero no estaba dispuesto a que el medio torciera su voluntad—. Lo peor que nos puede ocurrir es que nos mate.

Como previeron, Estilicón, que estaba al tanto del encargo recibido por Próspero y Ulpio, no tuvo inconveniente en recibirlos. De hecho, no quiso demorar en demasía la audiencia y no tardó más de un par de días o tres en atenderles.

Las frases de saludo y cortesía entre ambas partes duraron poco, porque el literato no tardó en entrar de lleno en el asunto que les había llevado ante el hombre importante.

Le preguntó sin andarse con rodeos sobre si conocía que Rufino, su igual en la corte de Arcadio, había sido asesinado en Constantinopla.

—¿Cómo no lo voy a saber, señores, si yo di la instrucción para que ese hijoputa, no volviera a respirar? —como predijo Ulpio, Estilicón no solo no quiso ocultar que él había tramado el crimen de su oponente, sino que había hecho alarde de ello.

—General, supongo que sabes que estamos al cargo de una investigación, encomendada por Oriente —el cónsul, ante la súbita revelación de Estilicón, sintió un miedo atroz que le hizo que hasta la voz le temblara. Por eso, había pasado de inmediato a la defensiva, como si pretendiera salvar la vida al verla de repente en peligro—, que nos conmina a averiguar quién mató a Rufino…

—Misión cumplida, cónsul —le interrumpió el general—. Ya sabéis que fui yo en persona quién tramó su muerte.

—¿Puedo saber quién fue el artífice del asesinato? —preguntó Ulpio, aparentemente sin inmutarse, aunque la profesión iba por dentro.

—Ya os he dicho que yo —pareció molesto por tener que repetir lo mismo.

—Me refería a los autores materiales del mismo.

—Unos godos que se vendieron por unas cuentas monedas.

—Entonces, como tú has dicho, encargo resuelto —Ulpio se comportaba como un loco, según el criterio de su acompañante.

—Espero que hayáis pedido un buen dispendio por vuestra gestión. No importa que haya sido un trabajo fácil para vosotros.

—Eso no tienen por qué saberlo ellos. Nosotros, en nuestra carta dándoles la solución a lo que nos han pedido, no tenemos intención de hacer referencia a esa cuestión.

—Andad entonces —les despidió el general—, el tiempo de un regente es precioso y no puedo perder más con vosotros.

Próspero y Ulpio salieron de la cámara donde les había recibido Estilicón con paso pausado al principio y presuroso después.

—No nos ha matado —musitó el cónsul.

—¿E impedir que el mundo entero conozca su proeza? Próspero, el general no nos iba a matar, sabía perfectamente a lo que íbamos y lo que ha protagonizado con el asesinato de Rufino significa que tiene las manos muy largas, que pueden llegar a cualquier parte del imperio.

Cónsul romano y un acompañante

San Juan Crisóstomo

Arcadio

Eutropio

XIII.

Eutropio

Eutropio, un eunuco, empezó su carrera en el funcionariado estatal romano como un simple funcionario, siempre en Oriente, que con el tiempo consiguió instalarse en el palacio imperial, donde empezó a tratar con Teodosio, que lo valoró sobremanera y le hizo uno de sus íntimos. De hecho, delegó en él la visita a Juan de Licópolis para que ejerciera de augur, o profeta, para que vaticinara el resultado de la Batalla de Frígido y en el momento de la muerte del emperador era uno de sus consejeros más destacados.

No quiso dejar de mostrar el poder que había adquirido desde nada más darse el deceso de Teodosio, compitiendo con Rufino por buscarle esposa al joven Arcadio. Este pretendió casar al augusto con una de sus hijas, mientras que él convenció a todos los que tenía que hacerlo para que las nupcias fueran con Eudoxia, hija de Flavio Bauto, un general romano de mucho prestigio, un franco latinizado que fue llegó a ser *magister militum*.

El asesinato de Rufino le vino bien, incluso se alegró de que su rival en los favores de la Corte hubiese desaparecido, aunque para que él no corriera la misma suerte, se rodeó de una escolta fiel. Eutropio incrementó su influencia en las esferas del poder y llegó a ser el consejero principal de Arcadio.

A todas sus conspiraciones políticas añadió un éxito que todos sus enemigos daban por imposible porque al eunuco le tomaban por poco más que medrador con ninguna aptitud para llegar hasta donde lo había hecho. En el año 398 rechazó una invasión huna.

Mientras tanto, Estilicón, apartado de su misión en Grecia por Arcadio, dejó al imperio oriental a su suerte, lo que supuso que los godos arrasaran Grecia, salvo las ciudades de Tebas y Atenas, que pagaron mucho oro para no ser saqueadas –lo que no impidió que Alarico hiciera su entrada triunfal en la primera, aunque sí lo hizo en la segunda–.

La barbarie que se estaba llevando a cabo en territorio heleno, sin que ninguna hueste oriental se destinara a impediirla, pudo con la paciencia de Estilicón, que volvió de nuevo a Grecia, por supuesto sin la autorización de Arcadio.

La suerte de sus súbditos, de nuevo, le pareció irrelevante a Eutropio, que solo parecía velar por sus intereses y temía que Estilicón le relevara del puesto privilegiado que tenía, por lo que le volvió a pedir al emperador que el general Occidental abandonara el territorio que no le correspondía atender. Mientras eso ocurría, Alarico no quiso entrar en batalla con el prestigioso comandante, por lo que se retiró a Epiro con su hueste y se acantonó allí. Estamos hablando ya del año 397.

Eutropio vivía un momento de euforia, sus palabras ante Arcadio parecían tener efecto de ley, porque siempre eran atendidas por el augusto, que atendió a su sugerencia de que una forma de apaciguar a los godos era conceder el título de prefecto de la provincia de Ilírico al mismísimo Alarico, azote de su territorio más occidental, con lo que se pretendió de esta forma legalizar de acuerdo a las leyes del imperio la permanencia visigoda dentro de las fronteras establecidas para Oriente. El resultado de esta política tuvo un éxito relativo para Roma en su conjunto, porque fue bien cierto que Alarico no volvió a hostigar a esta parte del imperio, pero decidió desplazarse hacia Italia en 401, jurisdicción ya de Occidente, muy probablemente inspirado por la corte de Arcadio, que así se quitaban la amenaza de su rapiña de dentro de sus marcas.

Eutropio, como ya se ha visto antes, tuvo éxito en rechazar un ataque de los hunos, la nueva amenaza bárbara venida desde Asia que estaba causando problemas bélicos tanto a los godos como a los romanos.

La frontera de Roma para ellos no era más que una línea imaginaria que no iban a tener problemas en atravesar, y por ello desde el año 395 fueron frecuentes las incursiones de esta horda con fama de terrible.

En contenerlos fue donde tuvo éxito el prefecto Eutropio, triunfo que le llevaron a fortalecer su preponderancia dentro de gobierno Oriental, pleno de prestigio, lo que le llevó a cometer uno de los errores trascendentales para su suerte, creerse que la reputación tenía aparejada la autoridad para tomar decisiones por su cuenta.

Llevado por esa creencia, tuvo un segundo desliz, este aún más grave, que no fue otro que autoproclamarse cónsul, una dignidad que nunca hasta entonces había asumido un eunuco.

El conocimiento de este hecho provocó una rebelión de las tropas que se habían enviado a Frigia para acabar con una revuelta producida allí.

Eudoxia, a pesar de que había sido elegida por el mismo Eutropio, entre otras candidatas, para convertirse en emperatriz, se había convertido en una de las mayores detractoras de él, más aún ante la locura que acababa de cometer el eunuco, por lo que, tras mucho insistir a su esposo, le convenció para que relevara a Eutropio de su cargo de prefecto.

Tras la caída en desgracia de Eutropio, un hombre poco querido por el pueblo por su mala fama de cruel y avaricioso, a pocos le interesó la suerte del que se nombró a sí mismo cónsul, cuyo destino final fue el patíbulo.

Una de las personas importantes que salió en su defensa fue Juan Crisóstomo, patriarca de Constantinopla, muy popular por sus discursos públicos y por las denuncias que lanzó sobre los abusos del emperador y su esposa y de la vida inmoderada del clero de la ciudad, que acabó con un primer destierro por mandato de Arcadio y Eudoxia, al que le siguió un segundo, en cuyo camino hacia él murió en extrañas circunstancias.

Juan Crisóstomo pidió clemencia para Eutropio, y aunque el augusto en principio suspendió la orden de su ejecución, acabó enviándolo al cadalso y fue ejecutado antes de que terminara ese mismo año de 339-

Arcadio

Elia Eudoxia, más conocida tan solo como Eudoxia

L'EMPEREUR HONORIUS (420)
MARBRE DE L'ÉPOQUE. MUSÉE DU LOUVRE
Dessin inédit

Prisco Atalo, usurpador

Constantino III, usurpador

Máximo, usurpador

XIV.
Matar a tu salvador

John William Waterhouse: *Los favoritos del Emperador Honorio* (1883)

Honorio era un niño cuando recibió la tiara de Occidente, lo que hizo que no se pudiera aventurar si tendría el carácter que se le supone a un hombre con el carisma necesario para ejercer como emperador. Gobernó treinta años y demostró sobradamente que no fue así.

Honorio tampoco tuvo un reinado fácil, repleto de irrupciones de usurpadores y de ataques bárbaros, que en principio fueron controlados por las tropas del emperador, gracias siempre a la intervención de Estilicón, un general sumamente competente, que Honorio acabó defenestrando y con ello se buscó la ruina.

Sobre los usurpadores, no tardó en encontrarse con el primero, el del comes Africae Gildo, en el 397, una rebelión que tardó un año en ser sofocada.

La debilidad evidente de Honorio como augusto motivó, entre otras casas, que el gobierno romano sobre Britania se fuera debilitando. Desde allí, surgieron varios usurpadores, como fueron Marco, entre los años 406 y 407, Graciano, en la última fecha citada, y Constantino III, que llegó a invadir la Galia., también en el 407. La rebelión no fue sofocada hasta el 411, con la intervención del general Constancio, el nuevo adalid de Honorio tras la ejecución de Estilicón, que se verá más adelante.

Entretanto, entre el 401 y 403 se produjo la primera invasión de Italia realizada por Alarico, que fue abortada por Estilicón.

Honorio sintió miedo de tener al enemigo tan cerca de Mediolanum, que en realidad no era una ciudad fácil de resguardar, por lo que decidió trasladar la capital de Occidente a Ravenna, un lugar con más posibilidades de defensa, entre otras cosas porque estaba rodeada de pantanos y un nutrido grupo de fortificaciones.

El inconveniente de Ravenna era su situación geográfica, al noreste de la península, lo que hacía más difícil proteger la parte central de Italia de las invasiones godas. Eso supuso que Estilicón tuviera que desguarnecer la Galia.

En el 405, un ejército bárbaro compuesto por vándalos, suevos, burgundios y alanos, al mando del ostrogodo Radagaiso realizó una nueva invasión de Italia, que estuvieron saqueando durante un año entero, hasta que el omnipresente Estilicón los derrotó.

El mismo año de la expulsión de la hueste de Radagaiso, un nuevo ejército de bárbaros, formado esta vez por alanos, suevos y vándalos invadió la Galia. Ningún ejército les salió al encuentro, y ellos mismos se trasladaron a Hispania en el 409.

En Occidente parecían llover los problemas por todos los lados, los usurpadores habían brotado por todas las provincias, los bárbaros tenían a Italia a su alcance para cuando quisieran, las legiones no podían proteger ni Britania ni la Galia, pero Estilicón siempre obtenía los recursos y habilidades necesarias para derrotar a los enemigos a los que se enfrentó.

La consecuencia del prestigio del general fue que la influencia política de Estilicón aumentaba con cada victoria que obtenía. Por otro lado, el ascenso del influjo de Estilicón, como suele ser habitual, produjo envidias entre los cortesanos del emperador, que empezaron a propagar infundios sobre él, basándose sobre todo en el carácter mestizo de su origen, lo que propició que las insidias sobre su persona se basaran sobre todo en su hipotética connivencia con los godos.

Olimpio, cabeza visible de la facción de la corte que se mostraba radicalmente opuesta a la negociación con los bárbaros, acabó convenciendo a Honorio de que las sospechas vertidas contra él se convirtieran en acusaciones firmes, lo hizo prender, fue condenado a muerte y fue ejecutado junto a su hijo, que hasta ese momento no había destacado en ningún ámbito que no fuera la vida anónima.

Matar a tu salvador, eso es lo que acababa de hacer Honorio con Estilicón, una decisión que sus enemigos recibieron con sorpresa y euforia al mismo tiempo, porque se habían quitado al enemigo terrible de su camino, y sabían que sus incursiones, a partir de ese momento, iban a ser mucho más difíciles de contener, si es que se conseguía hacerlo.

El mismo año de la inmolación de Estilicón, el 408, Alarico volvió a invadir Italia, puso sitio a Roma y apoyó a un nuevo usurpador, el senador Prisco Atalo, que se estaba dando al mismo tiempo que se producía la rebelión de dos generales, Geroncio y Máximo, en Hispania. Sin Estilicón para enfrentarse a los bárbaros, que era la prioridad de Honorio puesto que Hispania estaba muy lejos de él, no tuvo más remedio que negociar con Alarico, situación por la que había hecho matar a su mejor general.

El rey godo retiró entonces su apoyo a Prisco Atalo, que acabó fracasando en su pretensión de ser el nuevo emperador, pero Alarico levantó y volvió a establecer varias veces su cerco sobre Roma, que acabó cayendo en sus manos y fue saqueada en el 410.

Los cortesanos de Honorio eran expertos en tramar conjuras palaciegas, pero ninguno tenía entre sus capacidades dirigir un ejército, y la eliminación del mapa militar y político de Estilicón, una locura sin ninguna duda, hizo que no existiera ningún general entre los que contaba Occidente que tuviera el suficiente carácter ni carisma que pudiera dirigir a las legiones romanas, formadas ya mayormente por soldados bárbaros, lo que dejó sin oportunidades de atacar a los godos, por lo que Honorio optó por dejar a su suerte a sus súbditos a la espera de que los enemigos fueran vencidos por el cansancio, mientras agrupaba todas las huestes de las que pudo disponer en torno a él, no se supo muy bien si para lanzarlas contra el ejército invasor o para su propia protección, no fuera que a Alarico le diera por atacar Ravenna.

Como era de esperar, esta decisión mostró a los ojos de todos como lo que se empezaba a percibir en Honorio, debilidad de carácter, lo que acarreaba un talante indeciso a la hora de tomar decisiones importantes.

El saco de Roma no tardó en conocerse en todos los rincones del imperio, lo que produjo una conmoción anímica en todas las voluntades de los ciudadanos del mismo.

A quién pareció alterarle poco fue al propio emperador Honorio. El historiador bizantino Procopio, unos años después, narró una anécdota sobre la actitud el augusto hacia lo ocurrido. Es muy probable que el relato sea falso, y que se deba al empeño de Procopio de resaltar aún más las ineptitudes del hijo menor de Teodosio. Dice así: «Uno de sus eunucos se acercó a Honorio y le dijo que Roma había perecido. Visiblemente impresionado el emperador gritó: "Y sin embargo, ha comido de mi mano hace unos instantes". Porque él tenía una gallina muy grande, su favorita, llamada Roma. El eunuco comprendió la confusión y le dijo que era la ciudad de Roma la que había perecido a manos de Alarico. El emperador, con un suspiro de alivio, respondió rápidamente: "Pero yo, mi buen amigo, pensé que era mi gallina Roma la que había perecido". Tan grande, dicen, fue la locura con la que estaba poseído este emperador».

Honorio siguió siendo emperador hasta el día de su muerte, en el año 423. Se puede afirmar que con su malgobierno aceleró la descomposición de la parte occidental del imperio, ya muy tocada desde hacía más de un siglo repleto de malos gobernantes, de augustos asesinados, de usurpadores, de guerras civiles y de no saber integrar en Roma a los pueblos limítrofes como se venía haciendo desde siempre con los habitantes de los territorios conquistados.

Radagaiso

Edmond Alonnier y Joseph Décembre: *Alarico y sus tropas*

Púlpito con el sarcófago de Estilicón, Sant'Ambrogio (Milán)

Evariste-Vital Luminais: *El saco de Roma* (Año Desconocido)

Tommaso Laureti: *El triunfo de la religión cristiana* (1582)

XV.

Publio Ulpio Quirino

La venida de la corte de Honorio a Ravenna cogió por sorpresa a Publio Ulpio Quirino, al que siempre le había gustado estar fuera del maremágnum que suponía la parafernalia que la capitalidad de un imperio tan antiguo como era Roma, de idas y venidas de gentes, de cohortes de funcionarios, de soldados de servicio o no, de oportunistas que se arrimaban al sol que más calienta, en suma un gentío de nuevas gentes que alteraban la rutina de la ciudad.

A pesar de todo, con los bárbaros paseando a sus anchas por todas las provincias del imperio, decidió permanecer en Ravenna, no había ningún sitio en todo Occidente más seguro que aquel.

Pero decidió velar por su propia integridad, la derrota de Eugenio en la Batalla de Frígido había alejado a la élite romana del paganismo, que era una religión que tendía a extinguirse, por lo que decidió dar un paso en ese sentido para disipar las dudas que pudieran tener los demás contra él por su permanencia en ese credo.

Urso, llamado de Ravenna por ser el obispo de la ciudad y por ser el artífice del constructor de su catedral, que en su honor recibió el nombre de Basílica Ursiana, era amigo suyo por un doble motivo. El primero era porque pertenecía a una familia pagana de Sicilia que, a pesar de no tenerle en mucho aprecio, pues tuvo que huir desde la isla hasta Ravenna por la incomprensión de los suyos cuando se convirtió al cristianismo, conocía a la perfección todos los ritos de la religión tradicional romana. La segunda es que Urso era un ferviente seguidor de Ulpio como literato, sobre todo de sus tragedias, menos de sus comedias, lo que le hizo mostrar interés en conocer al escritor cuando supo que vivía en Ravenna.

Tras ese primer encuentro, vinieron otros muchos más, en los que debatieron sobre literatura y también de religión, sin que en ninguna de estas el obispo hiciera el menor intento de convertir a su amigo al credo de Cristo.

Por eso, cuando Ulpio visitó a Urpo sorprendió al religioso, porque tenían una cita prevista para el día siguiente y fue un imprevisto verlo tan poco tiempo antes.

—¿Qué te trae por aquí, amigo Ulpio? —preguntó el obispo nada más verlo—. Tal vez yo esté equivocado, pero creo que nuestro próximo encuentro estaba previsto para mañana.

—He publicado un libro nuevo, una tragedia como las que te gustan a ti, y he venido a traerte un ejemplar antes de que esté al alcance de todos.

—Ulpio, me lo podías haber dado mañana —Urso supo enseguida que el verdadero motivo de la visita del literato era por otra cosa diferente a que le hiciera llegar una copia de su obra—. Así que creo que es el momento en que me digas el verdadero motivo de que te ha traído aquí.

—Urso, quiero ser cristiano.

—¿Tú, cristiano? No me parece que tú seas de esas personas que cambia de religión de un día para otro.

—Lo necesito.

—¿Lo necesitas?

—Sí, el paganismo se está extinguiendo, pronto nadie se acordará de los verdaderos dioses, y yo no puedo ser el último creyente de una religión que pronto dejará de existir. —Hizo una pausa, en la que fue incapaz de sostener la mirada del obispo—. Además, ser cristiano es lo que se ha de ser en este momento que vivimos, por lo que yo no quiero distinguirme de los demás por no serlo.

—Ulpio, ¿tú crees en Dios?

—Creo en varios dioses.

—Eso es un problema para que seas cristiano.

—Nadie tiene que saber eso, Urso. Tú y yo somos amigos, y sé que si me convierto al cristianismo sin estar convencido de sus dogmas, no se lo vas a decir a nadie.

El obispo guardó un silencio prolongado. Entendía las razones de su amigo para solicitarle lo que estaba pidiendo, el cristianismo niceano acabaría siendo la religión de todos los romanos y, por simpatía, de todos los pueblos bárbaros que acosaban al imperio. Pensó un momento en sí mismo y le hizo una confesión tan delicada como la que le había proferido Ulpio para que nunca faltara a la confianza que él había depositado en su persona.

—Hubo una vez un hombre joven, que bien podía ser mi yo del pasado —contó—, que pronto se dio cuenta de que la religión verdadera era la que había divulgado Jesucristo, pero que no supo de principio si la doctrina correcta era la arriana o la católica. Ese hombre coqueteó con el arrianismo al principio, hasta que se dio cuenta que lo importante del cristianismo no era si Jesús era eterno o no, sino que era parte de Dios, así que me acogí a lo que Teodosio y los demás coemperadores firmaron en Tesalónica. —Un momento de reflexión, para buscar las palabras adecuadas con las que continuar su alegato—. Yo también tuve que tomar una decisión en un momento de mi vida, aunque mi corazón aún alberga dudas sobre si lo que es cierto lo que dicen los evangelios o es Arrio quien tiene la razón. Eso no significa que seguiré ejerciendo como le he hecho estos últimos años.

—Urso, ¿tú crees en tu Dios?

—No podía ser de otra manera.

—Entonces, ¿me ayudarás a ser cristiano?

—Lo haré, no te preocupes —consintió Urso—. Pero no vale con que yo te dé un papel que confirme tu conversión, si es lo que has venido a pedirme. Tendrás que cumplir con los preceptos mínimos del culto, así que no dejes de acudir a la iglesia a menudo para dejarte ver.

El siguiente encuentro que tuvo Publio Ulpio Quirino fue con el general Estilicón en la mazmorra que ocupaba en la cárcel de Siena, poco antes de su ejecución.

La cita había sido solicitada por el militar, un extremo que sorprendió al escritor porque solo le había visto una sola vez con anterioridad, cuando el cónsul Próspero y él mismo le fueron a preguntar por su implicación en el asesinato de Rufino, que les confesó ser el autor intelectual del mismo haciendo alarde de su acción.

Los dos hombres se miraron largamente antes de pronunciar ni una sola palabra. Estilicón estaba sentado en el jergón que le servía como lecho, mientras que Ulpio permaneció de pie.

—Aquí estoy, general —rompió el silencio el escritor—. Si he serte sincero, no esperaba tu llamada, apenas ha habido trato entre nosotros dos.

—Tu figura siempre me ha llamado la atención, Ulpio —replicó Estilicón—. Un escritor, un literato si prefieres que te llame así, de no demasiado éxito, aunque tengo que reconocer que lo que le leído tuyo no me han parecido malos libros, que se dedica en su tiempo libre a resolver asesinatos, con un gran promedio de éxito.

—Esta parte de mis andanzas nunca han sido *motu proprio*, siempre he ejercido esa función cuando me lo han pedido.

—Entonces, ¿no te meterás de oficio en el causante de mi inminente muerte?

—No. Y lamento decirte que no creo que nadie me lo vaya a pedir.

—¿Eso significa que dejarás impune mi asesinato?

—No voy a negarte que el emperador Honorio ha cometido la mayor locura que se podía pensar prescindiendo de los servicios del único general capaz de plantar cara a usurpadores y bárbaros que no dejan de asolar Occidente, pero la orden de ejecución de tu persona ha sido decretada por el propio Honorio, por lo que es imposible que yo pueda hace cualquier cosa para librarte del patíbulo.

—¿Sabes que las acusaciones contra mí son falsas?

—Toda Roma lo sabe.

—Investiga a ese canalla de Olimpio, es el creador de todas las pruebas falsas contra mí.

—No voy a hacer tal cosa —negó Ulpio—. No quiero que me sitúen a tu lado en el cadalso que acabará con tu vida.

—Sin mí, Occidente dejará de existir.

—Sin ninguna duda. En el fondo, tú vas a tener suerte, porque tu ejecución te impedirá ver su fin —confirmó Ulpio—. Yo no tengo ganas de morir antes de que toque, pero tampoco me disgustaría que mi momento sea antes de que Roma se derrumbe.

La conversación terminó con un ruego de Estilicón para que intercediera por la suerte de su hijo, y aunque le dije que lo intentaría, cuando en realidad él carecía de la más mínima influencia para hacerlo, por lo que no movió ni un dedo para evitar lo inevitable.

San Urso de Rávena

Estilicón, poco antes de su defenestración

Grasset Saint Sauveur: *Cónsul romano armado* (Siglo XVIII)

XVI.

Próspero Domiciano Falerno

Una invasión tras otra, un usurpador que sigue a uno anterior, la ejecución del general que se estaba partiendo la cara por el imperio desde hacía más de veinte años y un emperador que, aun siendo un niño todavía, había demostrado la flojedad de su carácter desde que se hizo rodear de consejeros aduladores de su figura antes de personas válidas, que en ningún momento supo diferenciar.

La moral de Próspero Domiciano estaba por los suelos, porque sabía que estaba viviendo el principio del fin de un imperio milenario, al menos en lo referido a su parte occidental, más poblada ya por godos que por verdaderos romanos, esquilmados por tantas guerras contra enemigos extranjeros y propios, y por la ausencia de alistamientos porque los hombres capaces para ser legionarios se daban cuenta que hacerlo supondría pelear en una guerra tras otra, en la que alguna, sin remedio, acabaría pereciendo.

Honorio, además, no fue nunca consciente de la fortuna que le acompañaba durante su reinado, que aunque él no podía saber en ese momento que se prolongaría durante treinta años, los de otros conspiradores y su propio hermano Arcadio si conocía que fueron más breves.

En Oriente, el consultor Rufino había muerto en el 395, Eutropio en el 399, Eudoxia, la emperatriz, que había cogido las riendas del gobierno en Constantinopla, una pécora de armas tomar que había asumido el mando de los destinos del imperio de su marido sin tener más formación que en la malicia y en la negligencia, falleció en el 404, y la persona de relevancia que se había dado cuenta de sus tejemanejes, Juan Crisóstomo, fue condenado dos veces al exilio y muy posiblemente asesinado en el camino al segundo de ellos, pocos antes del óbito de Eudoxia.

Por último, su hermano Arcadio, que siempre receló de su incompetente hermano y que incluso había disputado con él las fronteras de cada parte del imperio, encontró la muerte en el 408.

En esa fecha de tan infausto recuerdo para Occidente, Honorio cometió el mismo error que ya tuvo su hermano mandando matar a Juan Crisóstomo, y prendió y ejecutó al más valioso de sus generales, Estilicón, por lo que en vez de saber aprovechar todos los avatares que el Señor le había otorgado, jodió todo aún más.

La influencia de Olimpio en el emperador fue decreciendo según fue adquiriendo fama otro general, Flavio Constancio, que fue el hombre que sustituyó a Estilicón como *magister militum*, alguien con una fortaleza de carácter muy superior a Honorio

Al igual que Estilicón, Constancio pronto adquirió fama por las victorias que obtuvo en batallas en defensa del imperio. Fue capaz, en primer lugar, de acabar con las revueltas del conspirador Constantino III y otro general de prestigio llamado Jovino.

Tras este éxito, logró mantener un cierto control sobre de los invasores bárbaros, lo que le valió en el 414 su nombramiento como cónsul y, un año después, adquirir el rango de patricio, cuando Honorio ya tenía considerado a Constancio como su primer asesor y el nuevo baluarte que él mismo había eliminado tras ordenar la muerte de Estilicón.

Tanta fue su influencia sobre el emperador que en 417 este consintió que tomara como esposa a su hermana Gala Placidia. La firme defensa de los restos de Occidente que Constancio supo mantener durante los siguientes años, hizo que Honorio lo elevara al puesto de coemperador, ya en el 421, lo que le convirtió, de facto, en el dueño de esa parte del imperio.

Teodosio II, sobrino de Honorio que se había convertido en el augusto de Oriente, nunca reconoció el nombramiento de Constancio como coemperador, con el nombre de Constancio III, por lo que este trazó planes para atacar Oriente y así hacer preponderar en lo que Honorio le había convertido, corregidor de Occidente.

Una nueva guerra civil asomaba en Roma, asolada por las revueltas de usurpadores y la permanencia dentro del territorio que aún pertenecía a Roma de bárbaros, de los cuales incluso había algunos que se habían proclamado reyes de los suyos. Por fortuna, la campaña finalmente no se llevó a cabo por la repentina muerte de Constancio, cuando solo llevaba siete meses como coemperador.

A Próspero Domiciano aquellas locuras le cogieron con muchos años a sus espaldas, por lo que decidió renunciar a su dignidad de cónsul y vivir retirado los últimos pasajes de su vida en la residencia que adquirió en su momento en Ariminum[18], situada frente al mar Adriático.

---

[18] Actual Rimini.

Díptico consular de Constancio III

Ariminum: Arco de Augusto

ALARICO
SEGUNDO REY DE LOS GODOS,
ELEGIDO EN EL AÑO 382 D CHRISTO,
REYNÓ 28 AÑOS MURIÓ EN CA_
LABRIA EL AÑO 410.

Alarico.
A pesar de la inscripción, se le considera el primer rey de los visigodos
y su reinado sería entre los años 395 al 410

XVII.

Alarico

Heinrich Leutemann: *El entierro de Alarico en el lecho del río Busento* (1895)

Alarico fue un gran general godo de esta época, que cambió de bando en más de una ocasión, aunque a pesar de sus grandes dotes como militar, no solo obtuvo victorias en las guerras que emprendió, también cosechó derrotas. Él fue el primer bárbaro en atacar Italia y alcanzó la fama inmortal por el saqueo de Roma en el año 410, ochocientos años después de que lo hiciera una partida de galos, por supuesto antes de que su país fuera incorporado al imperio.

Alarico es un personaje dignísimo de recordar en el transcurso de los avatares del imperio a finales del siglo IV y principios del V, puesto que con sin su figura serían incomprensibles hechos acontecidos durante ese periodo histórico.

Alarico empezó a guerrear al mando del general godo Gainas. La primera referencia que se tiene de él como jefe de una partida goda y aliados a estos, fue cuando invadió Tracia en el año 391. De esta incursión proviene su primera derrota, porque Estilicón consiguió derrotarlo y expulsarlo del territorio que pretendía saquear más que conquistar.

La segunda noticia sobre su persona es ya como aliado del imperio romano, de Teodosio en particular, cuando acudió con veinte mil hombres en el 394 a combatir contra Eugenio y Arbogastes en la Batalla de Frígido, de la que los orientales salieron victoriosos y Teodosio pudo así convertirse en el último emperador regente del imperio romano unificado.

La importancia de las tropas godas fue vital para obtener el triunfo, porque fueron las primeras fuerzas que Teodosio mandó a atacar el enemigo, pero a pesar de ello recibió pocas loas por parte del emperador, lo que le hizo campar de nuevo por su cuenta para intentar una locura, tomar Constantinopla. Fue rechazado por los imperiales mucho antes de que lograra llegar a su destino.

Así que Alarico cambió de plan. En lugar de ir al este partió hacia el oeste, a Grecia concretamente, donde su ejército apenas encontró resistencia, y asoló Corinto, Megara,

Argos y Esparta, y si Atenas se libró de su saqueo fue porque los ciudadanos de la misma decidieron pagar un alto precio en oro y plata para que no lo hiciera. A pesar de ello, Alarico quiso hacer una entrada triunfal en la ciudad, siempre cumpliendo con la promesa de que el tesoro entregado por los atenienses le había comprometido, no tocar ni sus casas ni a sus habitantes.

Arcadio, el emperador de Oriente, no tenía medios ni facultades para atajar la horda, más cuando había rechazado en dos ocasiones la ayuda que para hacerlo intentó llevar a cabo Estilicón, por lo que intentó optar por la diplomacia y nombró a bárbaro *magister militum* de Iliria, una circunstancia que demostraba que Alarico tenía la ciudadanía romana, puesto que ese era un cargo que no podía ostentar quien no la poseyera.

No se sabe si Alarico atendió al cargo que se otorgaba, pero lo cierto es que dejó

Grecia, que pertenecía al ámbito territorial de Oriente, e invadió Italia, ya situada dentro de las fronteras de Occidente.

La cuestión es que Estilicón allí sí podía actuar sin contar con los cortapisas que le puso Arcadio y sus consejeros, por lo que se enfrentó a él y lo derrotó en la Batalla de Pollentia[19] y obligó a los godos a retirarse de Italia.

Transcurría el año 402, un año posterior a la invasión bárbara. Alarico no se conformó con lo acontecido por lo que volvió a atacar unos meses después, siempre en la misma fecha. La derrota la sufrió esta vez en la Batalla de Verona, aunque Roma obtuvo en esta ocasión una victoria pírrica, puesto que el senado aprobó la entrega de una indemnización muy cuantiosa para que los visigodos abandonaran de una vez por todas Italia.

---

[19] Actual Pollenza.

Alarico permaneció un tiempo en paz en Iliria, incluso cuando Radagaiso siguió sus pasos con respecto a Italia en el 406.

No fue hasta que tuvo conocimiento de la nefanda suerte de Estilicón, cuando fue acusado el general que había llegado a un trato con Alarico, y la orden posterior del infame Honorio de que los romanos de verdad mataran a miles de las esposas e hijos de los godos *foederati* alistados en el ejército.

La consecuencia fue la que tuvo que ser, los soldados godos cambiaron de bando y se situaron al lado de Alarico, lo que incrementó sus tropas en unos treinta mil hombres. Estas fueron las consecuencias de atender los consejos de Olimpio, jefe de la facción antibárbara de la Corte, sin pensar en las consecuencias de tal mandato, todo por una simple razón de racismo, sin darse cuenta de que los bárbaros ya se habían establecido dentro de las marcas del imperio y que ya formaban parte de su propia existencia.

El rey visigodo se puso entonces en marcha, esta vez camino a Roma, porque ahora los godos no emprendían una campaña en la que buscaban tan solo la rapiña, sino la venganza por los familiares muertos.

Alarico se desplazó por Italia utilizando las calzadas hechas, por lo que consiguió moverse rápido. En el camino, los invasores saquearon Aquileya y Cremona y toda la costa adriática de la península. Ese mismo año de 408 puso cerco a Roma.

El senado romano, ante el peligro inminente que se ceñía sobre ellos y la ciudad entera, negociaron con Alarico la entrega de una nueva indemnización si el rey godo desistía de la idea de tomar el corazón del imperio. El visigodo aceptó la prenda, a la que añadió otra condición, se habrían de liberar a los miles de esclavos godos que moraban en la ciudad, condición que fue aceptado por los senadores.

Todo podía haber terminado así, pero volvió a surgir la figura de Honorio para joderlo todo. Alarico le había solicitado ser nombrado *magister militum* de Occidente, a lo que se negó el incompetente emperador, lo que supuso que los bárbaros retomaran el cerco de Roma.

Alarico volvió a levantar el sitio cuando proclamó emperador de Occidente a Prisco Atalo, que lo nombró *magister utriusque militiae*[20] de inmediato, pero se opuso a que pudiera mandar un ejército a África.

Al mismo tiempo, Alarico mantenía una negociación discreta con Honorio, que acabó sin acuerdo por los mínimos que el emperador legítimo le puso. Entonces, el rey godo destituyó a Atalo y cercó Roma una tercera vez.

---

[20] Cargo equivalente a Generalísimo.

A Roma no hubo que vencerla por la fuerza. Los aliados de Alarico que se mantenían dentro de la ciudad le abrieron las puertas de la misma e iniciaron su saqueo, que duró tres días.

Se dice que aunque los godos se dedicaron al pillaje durante esas tres jornadas, los bárbaros trataron a sus moradores de buena forma y la quema de edificios se circunscribió a unos pocos, algo muy difícil de creer.

Alarico, tras el saco de Roma, se dirigió luego hacia Calabria, situada al sur de Italia. La intención del caudillo visigodo era llegar a África, considerado el granero del imperio, de donde podría obtener los suficientes suministros como para conservar Italia. Allí embarcó hacia su pretendido destino, pero les sorprendió una tormenta que hizo naufragar a la mayoría de sus barcos y una gran parte de su tropa se ahogó.

Para colmo de males, Alarico contrajo unas fiebres y murió allí. Así se terminó la carrera militar de uno de los principales líde-res godos. Una lástima, pensaría el augusto y su corte, que Alarico no hubiese decidido ir a África antes de asolar Italia, así se hubiesen librado de los estragos que causó en el cora-zón del imperio.

A Alarico le sucedió como jefe de su ejército su cuñado Ataúlfo, que llegó a despo-sarse con Gala Placidia, hermana de Honorio y viuda de Constancio unos años después.

FIN, 21/12/23

Galla Placidia

Raimundo Madrazo: *Ataúlfo, rey de los visigodos* (1858)

Libros Mablaz

Narrativa — Relatos

/www.librosmablaz.com/